몽당연필은
아직 심심해

아주 보통의 글쓰기 05

맛있게 읽는 57년 전의 일기

몽당연필은 아직 심심해

글 이종옥 ― 그림 이재연

글항아리

이 글은 제 지난날의 일기 중에서 가슴속에 담고 있던 내용만 고른 것입니다. 1954년생인 저는 초등학교 3학년 때부터 일기를 쓰기 시작했고, 여기 실린 것은 3학년인 1963년부터 1975년 입대 전까지의 기록입니다. 부끄럽고 가슴 아픈 이야기인데 이렇게 책으로 엮여 나오니 몸 둘 바를 모르겠습니다.

일기는 지금도 매일 적고 있습니다. 안타깝게도 어린 시절부터 1980년대까지 적은 일기장은 지난 2000년에 집수리를 하면서 사용하던 가구들을 정리하던 중 분실되었습니다. 다행히 이 책에 실린 일기들은 1999년 인터넷의 한 카페에 옮겨 적어둔 터였습니다. 지금 집에는 1990년 이후의 일기장들만 남아 있어 잘 못 보관한 제 행실이 안타깝기 그지없습니다.

어린 시절의 일기에는 그날 있었던 일들과 느꼈던 마음까지 다 적었는데 요즘은 그날 있었던 일들을 간략히 기록하는 식으로만 변했지요. 그래도 일과를 마무리하면서 적는 일기는 하루의 삶을 반성하는 시간이 됐으며, 지난날의 일기를 펼쳐 보면 그 시절을 회상하게 돼 참으로 즐겁습니다. 앞으로 이 세상을 마치는 날까지 일기는 계속 쓸 것 같습니다.

일기를 먼저 읽고 용기를 북돋워준 김천 사는 정윤영 친구와, 책으로 엮어 편집해준 글항아리 출판사에 감사드립니다. 또 저보다 몇 살 연상이지만 비슷한 시기를 살아, 글이 다 담아내지 못한 것을 멋진 그림으로 복원해준 이재연 작가님께 감사 인사를 전합니다. 마지막으로 저와 같은 시절을 지나쳤든 아니든, 1960년대 시골 어린이 농부의 삶과 촌놈의 서울살이를 읽으며 한 시절을 떠올려봐줄 독자 여러분께 감사의 마음을 전합니다.

2021년 1월 이종옥

차
례

머리말 _04

NO 1. 기성회비 _08

NO 2. 술지게미 _13

NO 3. 중학교 입시 _18

NO 4. 가을 소풍 _21

NO 5. 뒷간 _27

NO 6. 노름 _32

NO 7. 장마와 낚시 _34

NO 8. 강냉이죽 _40

NO 9. 은자의 가방 _44

NO 10. 글짓기 대회 _47

NO 11. 산불 _52

NO 12. 타이야표 꺼먹 고무신 _57

NO 13. 이쁜 애 _63

NO 14. 이쁜 애 2 _67

NO 15. 이쁜 애 3 _70

NO 16. 이쁜 애 4 _75

NO 17. 이쁜 애 5 _80

NO 18. 덕구 _82

NO 19. 십바리차 _85

NO 20. 상감 _90

NO 21. 지게 _94

NO 22. 누렁이 _97

NO 23. 진학 시험 _101

NO 24. 꽁치 한 마리 _104

NO 25. 교복 입은 은자 _108

NO 26. 형아의 껌 _111

NO 27. 닭고기 _114

NO 28. 거지 _119

NO 29. 좋은 친구 명구 _123

NO 30. 명구 2 _126

NO 31. 살구 _130

NO 32. 재건중학교 _133

NO 33. 여자 동창 _135

NO 34. 참새구이 _138

NO 35. 눈이 펑펑 쏟아지던 날 _143

NO 36. 행상집 _146

NO 37. 영숙이 _151

NO 38. 영숙이 2 _155

NO 39. 이쁜 토끼 _157

NO 40. 영숙이 편지 _163

NO 41. 서울행 _166

NO 42. 다시 농사꾼이 되어 _170

NO 43. 서울행 2 _174

NO 44. 서울행 3 _177

NO 45. 서울 1 _180

NO 46. 서울 2 _184

NO 47. 서울 3 _187

NO 48. 서울 4 _191

NO 49. 일기 _194

NO 50. 그리움 _197

NO 51. 귀향 _199

NO 52. 목욕탕 _203

NO 53. 목욕탕 2 _206

NO 54. 고무줄 공장 _210

NO 55. 공장장이 되다 _214

NO 56. 검정고시 _217

NO 57. 우유 배달 _220

NO 58. 귀향 _224

NO 59. 고등학생 _227

NO 60. 마지막 인사 _229

친구의 추천
산골짝 촌놈의 이야기 _235

기
성
회
비

아침상이 들어왔다.

노란 좁쌀에 고구마를 넣어 지은 밥.

달콤한 것이 죽보다는 훨씬 좋았으나 오늘은 영 밥맛이 안 난다.

몇 숟갈 뜨다 몇 번을 망설이다가 어렵게 입을 열었다.

"저어, 아부지 기성회비 좀 주셔유."

큰 죄라도 지은 양 이 말을 간신히 하고는 고개도 들지도 못하고

밥만 퍼먹었다.

밥 한 사발을 다 먹도록 아무 말도 없는 엄마 아버지.

형아, 동생들은 학교 길을 떠났으나 나는 책보를 등에 메곤

마당에 서서 기성회비 달라고 조르며 서 있었다.

"빨리 줘유."

담에 줄게 어서 가라는 엄마.

"안 돼유. 오늘 안 가져가면 벌 받어유."

하곤 또 보채나 없는 돈을 어떻게 주니 하며 소리를 지르는 엄마.

엄마의 화난 말에 물춤 싸립문까지 나갔다가는 부엌에서 설거지를

하는 엄마 앞으로 슬금슬금 다가가서는 흥흥거리며 또 보챘다.

한참을 보채도 아무 소리 없이 설거지를 하고 있는 엄마에게

"얼른 줘유" 하고 또 소리치자

"요놈이 담에 준다니까 속을 뒤집어봐, 왜?"

하며 부지깽이를 들고 뛰쳐나오기에 맞지 않을 만큼 도망을 쳐댄다.

싸립문 밖까지 부지깽이를 휘두르며 따라오시던 엄마는 담에 꼭

줄 테니까 얼른 가라는 말을 하고는 다시 부엌으로 들어가신다.

오늘만큼은 꼭 가져가야 된다.

벌써 몇 달 치가 밀려

어제도 선생님한테 손바닥을 다섯 대나 맞았다.

내일은 꼭 가지고 오라는 선생님의 말씀에 그러겠다고

약속까지 했다.

오늘도 안 가지고 가면 아마 교무실까지 끌려갈지도 모른다.

사열이가 나보다 두 달 치 더 밀려 교무실까지 끌려가서는

혼나고 징징 우는 것을 나는 똑똑히 보았다.

집으로 다시 들어가는 엄마 뒤를 따라

나도 다시 마당에 들어서서 또 졸라댄다.

"얼른 줘, 잉잉."

큰 소리를 치자 또다시 부지깽이를 들고 달려나오시는 엄마.

뒤를 돌아보며 맞지 않을 만큼 또 도망을 쳤다.

동네 뒤 웃고개까지 따라오던 엄마는 다시 집으로 향하신다.

나도 엄마 뒤를 따라 다시 집으로 돌아와 싸립문 앞에 서서

또 칭얼대며 돈 달라고 졸라댔다.

"요놈이!"

하며 또 뛰어나오시는 엄마를 피해 도망을 쳐댄다.

웃고개를 지나 개울까지 소리치며 따라오시던 엄마.

"담에 꼭 줄게, 어서 가."

하고는 뒤돌아 집으로 향하시자 나도 또 뒤돌아 엄마를 따라

집으로 와 싸립문 밖에서 또 칭칭대며 보챘다.

"아이구, 날 잡아라 이놈아."

하며 마당에 풀썩 주저앉아 울어대는 엄마.

엄마가 울어대자 겁이 더럭 난다.

그냥 갈까 하고 생각 중인데 아버지가 마을서 올라오시더니

"여기 있다. 가져가라"며 돈을 주신다.

은자네 집에 가서 선품삯을 받아오셨단다.

나는 엄마를 울렸지만 신나라 기성회비를 들고 학교에 가니
벌써 수업을 하고 있었다.
뒷문을 살며시 열고 들어가자
지각했다고 또 손바닥을 몇 대 맞고 말았다.

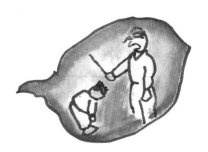

술
지
게
미

산골 마을 겨울의 짧은 해가
서산을 넘으려 할 때쯤에야 허기진 배를 움켜잡고 집에 왔다.
마당에 들어서니 집 안 가득 술 냄새가 진동을 한다.
며칠 후 할머님 생신이라고 어머님이 술조사꾼 몰래
윗방에 단지를 들여놓고 담근 술인데
어제부터 술 냄새가 방 안 가득하더니
오늘 부엌으로 내다 거르고 계신다.

책보를 풀어 마루에 던져놓고 부엌에 들어가니
커다란 양푼에 술지게미에 사카린을 타서
누나, 형, 동생들 둘러앉아서 퍼먹고 있다.
나도 숟가락을 들고 대들어 퍼먹으니
달콤하고 쌉쓰레한 것이 얼굴이 후끈 달아오르게 한다.

13

배고파 출출한 판에 배부르도록 온 가족이 실컷 퍼먹었다.
처음 먹어보는 음식이기에 멀건 죽보다는 훨씬 좋다.
온 가족의 얼굴이 빨갛게 달아올라 곱기도 하다.
불룩 나온 배를 안고 일어서니 몸이 비틀 넘어질 것 같다.
방으로 들어오니 아버지도 술에 취해 주무시고 계신다.
하늘이 빙빙 돈다.
방바닥이 울렁울렁 움직인다.
그냥 쓰러졌다.

얼마를 정신없이 자다보니 속이 울렁이며 토할 것 같다.
엉금엉금 기어 문지방을 간신히 넘어 마당에 나와 억억 토해냈다.
아, 돈다.
하늘이 돌고 땅이 돈다.
집이 돌고 커다란 살구나무가 돈다.
배 속 가득한 것을 토해내고 다시 엉금엉금 기어 들어오니
한방 가득 아버지, 엄마, 형, 동생 모두가 서로 엉켜 곯아떨어져 있다.
그 사이를 비집고 나도 다시 깊은 잠에 빠져들었다.

몸을 마구 흔들어 깨우는 소리에 일어났다.
아직도 몽롱한 정신으로 방 안을 둘러보니
아뿔싸, 동생들의 입 앞엔 술 냄새가
지독한 술지게미가 한 사발씩 쏟아져 있다.

잠들어 누운 채로 토한 것이다.

모두 깨워 간신히 일어나 아침밥도 못 먹고

그냥 책보를 등에 둘러메고 학교를 갔다.

학교 가는 길이 아직도 빙빙 돌고 얼굴이 달아오른다.

첫 수업 시간,

숙제 검사를 한다.

술지게미에 취해 숙제를 했을 리 없다.

안 해온 사람 자진해서 앞으로 나오라는 선생님의 호령에

비틀대는 몸으로 나가니

눈을 휘둥그레 뜨신 선생님이 이 녀석 왜 그래? 하시더니

술 냄새가 풍풍 풍기니 다짜고짜 이 자식 술 처먹었네?

하며 들고 있던 몽둥이로 내리친다.

대가리에 소똥도 안 떨어진 자식이 숙제도 안 해오고

아침부터 술 처먹었다며 화가 머리

끝까지 나셔서

사정없이 두들겨 패니

비틀거리는 내 몸은 쓰러지고

말았다.

왜 술을 먹었느냐는 다그침에

술지게미를 먹고 이렇게 됐다는 말을

듣고는 몹시도 미안해하신다.

점심시간.
선생님의 부르심에 숙직실로 불려가니
납작하고 이쁜 도시락을 펴서
내 앞에 내밀어주시며 먹으라 하신다.
하얀 쌀밥에 계란후라이 무우장아찌가 들어 있는
맛있는 도시락에 괜찮습니다라고 한 번 사양한 끝에
달려들어 허겁지겁 퍼먹었다.

아……
이렇게 맛 좋은 도시락은 난생처음이다.

중학교

입시

떨리는 마음으로 시험을 쳤다.

설마 합격하면 보내주겠지……

시험 보러 간다면 못 가게 할 게 뻔해

아침도 못 먹고 뒤꼍 울타리 개구멍으로 빠져 몰래 왔다.

점심시간이 되니 배가 몹시 고프다.

샘물 한 두레박 퍼서 벌컥벌컥 마시고는

철봉대에 매달려 턱걸이 몇 번 하고 들어가

오후 시험을 마치고 나니 힘이 쭉 빠진다.

배에선 쪼르륵거려

빨리 가 밥 먹어야겠다는 생각에 십 리 길을 달려갔다.

집에 오니 어디 갔다 이제사 오느냐

묻는 엄마에 말에

중학교 입시 시험 치고 왔다고 하면 더욱 혼날 것 같아
말도 못하고 웃방으로 들어왔다.

언제나 내편이 되어주는 누나가 들어와
내 손을 잡으며 시험 잘 쳤느냐는 물음에
깜짝 놀라며 어떻게 알았느냐 물으니
그럴 줄 짐작했다며 어깨를 어루만져준다.

세 끼 식사도 제대로 못 먹고 사는 형편에
나까지 중학교를 보내줄 리 없다는 걸 뻔히 알면서도
오늘은 기어이 말해야겠다 다짐했건만
혼날 것 같아 자꾸만 망설여진다.

하루 종일 땡볕에서 들일 품 파느라
멀건 죽 한 그릇 저녁으로 때우고 난 어머니가
멍석 위에 곯아떨어져 코를 고시길래
윙윙대며 달려드는 모기를 쫓으려
생나무 가지에 불을 지피는 아버지에게 다가가
"저어, 아부지. 나도 중학교 가면 안 될까유."
기어드는 목소리로 간신히 말하고 나니
아무 말 없이 담배쌈지를 꺼내더니
다 쓴 산수 공책을 찢어 쫑쫑 썬 잎담배를 말아

불붙은 싸릿가지에 대고 뻑뻑 빨아 들이마신다.

한 대를 다 피우고 나시더니 조용한 목소리로
"우리 형편에 느 형 하나 보내는 것도 쪼들린데
너까지 어떻게 보내겠니.
너는 나랑 농사나 같이 하자."
하시고는 땅이 꺼져라 한숨을 내쉰다.

예상은 했지만 안 된다는 말에 너무나 화가 나
"싫어유. 나두 보내줘유……"
하고 큰 소리를 치며
징징 울었다.

가을 소풍

오늘은 가을 소풍 날.

두 여동생은 보리밥 도시락을 들고 신이 나 학교로 달음질쳐 가는데

나는 가질 않았다.

이제는 아버지가 시키지 않아도

학교 안 가는 날 소풀 뜯기는 일은 내 차지다.

오늘도 으레 누렁이 암소를 몰고 갈대풀이 많이 자라는

개울가 계수로 나왔다.

소 꼴삐를 목에 감아 매놓고

논이나 밭으로 들어가지 않게만 하면 되는 일이기에

다른 일보다는 힘이 안 들어 참 좋다.

이제는 소가 길이 잘 들어 개울가 풀밭에서 연한 풀만 뜯고

배부르면 풀밭에 앉아 두 눈을 지그시 감고 침을 질질 흘리며

열심히 되새김질만 하고 있다.

누렁이는 우리 집 보배다.
부잣집 소인데 송아지 때부터 어우리로 기르는 소다.
그 송아지가 자라서 밭갈이도 하고 봄엔 이쁜 황송아지도 낳았다.
황송아지를 팔아 소 주인과 반씩 나누어
형아 중학교 등록금도 주는 아주 귀한 소다.

지난 봄소풍 때,
도시락을 싸주며 소풍 갔다 오라는 엄마의 말에 신이 나
아랫고개를 뛰어내려가다가 이슬 내린 풀밭길에 미끄러지는 바람에
몇 번을 때워서 신고 다니는 검정 고무신 코빼기가 쭉 찢어졌다.
참 오랜만에 가는 소풍인데 이걸 어쩌나……
소풍날은 공부하지 않기에 가지 말고
일하라는 말에 몇 번을 못 가다가
다녀오라는 말에 신이 나 들뜬 마음인데……
칡넝쿨을 끊어 찢어진 고무신을 발에 묶고
들뜬 마음으로 학교로 갔다.

운동장 느티나무 아래엔 벌써 많이들 모여 신이 나서 떠들어댄다.
반장 동구가 나에게 오더니 선생님 대접해준다고 십 원을 내란다.
없다고 했더니 모두 냈는데 너만 왜 안 내느냐 화를 내며 발로 찬다.

키도 나보다 작고 힘도 없으면서 선생님이 봐준다고
언제나 얕잡아보는 게 화났는데
오늘은 발로 차기까지 하니 울컥 화가 치밀어
"얌마, 왜 때려" 했더니
돈도 안 내는 거지 같은 새끼가 덤빈다며 한 번 더 걷어찬다.
거지라는 말에 화가 난 나는 달려들어 밀치고 배에 올라타
주먹으로 얼굴을 마구 때려주었다.

"이 녀석" 하는 소리에 돌아보니 선생님이 서 계신다.
"너 교무실로 와" 하는 선생님 말씀에
에구, 큰일났다. 바짝 얼어서 뒤따라가
교무실 뜰에서 칡넝쿨로 감은 신발을 벗으니
묘한 표정을 지으시면서 그냥 가라 하신다.
다른 때 같으면 매채로 몇 대는 손바닥을 맞았을 텐데
오늘은 운이 참 좋네.

오늘 소풍은 이십 리 길 화양계곡으로 간단다.
모두가 신이 나 노래 부르며 가는데 얼마 가지 못해
신발에 감은 칡넝쿨이 끊어져
신을 손에 들고 맨발로 울퉁불퉁 자갈길을 갔다.
이쁜 옷에 엄마들까지 따라온
부잣집 아이들은 앞에 나가 노래도 하고

능금이며 과자도 먹고 풍선도 사서 불며 신들이 났다.

보물찾기 시간에도 그런 아이들이 다 찾고
난 아무것도 찾지 못했으며
이쁘게도 싸온 김밥이며 도시락에 너무나 기가 죽고
나의 초라한 꽁보리밥에 짱아찌 도시락이 부끄러워
바위 뒤에 몰래 숨어서 퍼먹어야 했다.

소풍을 마치고 집에 오는 길.
누렁이 임자네 집 딸인 이쁜 은자가 내 꼴이 거지 같다고 또 놀린다.
은자만 보면 가슴이 콩닥거리고 공연히 얼굴이 붉어지며
이다음 은자한테 장가갔으면 하는 마음 가득했는데
나한테 거지 같다니……
누가 놀리거나 때리려 할 땐 언제나 내가 혼내며 말려줬는데
너무나 큰 충격을 받았다.

오늘도 그때 일을 생각하곤
다녀오라는 엄마의 말에도 소풍 가길 포기했다.
개울물에 들어가 돌 속의 꺽지도 잡고 징게미도 퉁사도 잡아
버들가지 꺾어 꽁지에 꿰어 놓고 있는데
왁자지껄 노랫소리가 들린다
아뿔싸, 오늘은 하필 이곳으로 소풍을 오고 있으니

이런 몰골을 반 동무들에게 보일 순 없지.
부지런히 소를 몰고 개울을 건너 보이지 않는 산속으로 들어가
소풍이 끝나 모두 돌아갈 때까지 숨어 있었다.

뒷
간

"형아, 같이 가."

오늘도 또 형아에게 빌어댄다.

요놈의 똥은 왜 꼭 캄캄한 밤에 마려운 건지

앞마당을 지나 헛간 구석진 곳 뒷간을 가려면

옛날이야기 속의 달걀귀신도 나올 것만 같고, 멍석말이 귀신도……

똥간에 산다는 똥귀신들이

금방이라도 달려나와 붙잡아갈 것만 같아

혼자는 못 가고 형아한테 가자 졸라대건만

오늘도 형아는 내가 아끼는 팽이를 주면 함께 가준다며

또 배짱이다.

동네서 제일 잘 도는 팽이인데 주기는 너무나 아깝고

그렇다고 혼자는 귀신들 무서워 도저히 못 가겠고

또 할 수 없이 아까운 팽이를 형아한테 뺏기고 말았다.

허, 그런 방법이 다 있었구나.
오늘 밤 당장 해야지.
어둠이 깔리자 아랫집 할머니가 가르쳐준 대로
아무도 몰래 살짝 나와서
헛간 선반에서 자고 있는 닭들에게 다가가 큰절을 해대며
'닭이나 밤똥 눴지 사람도 밤똥 눴냐.'
이렇게 열 번을 해댔다.
이제 다신 밤중에 똥 마렵지 않겠지.
그럼 아까운 내 물건 형아한테 뺏기지도 않고……
신이 났다.

방에 들어와 동생들과 놀다보니 아, 이런!
그렇게 간절히 닭에게 빌어댔건만 또 마려운 똥.
어쩌나.
오늘은 형아가 같이 가주는 대가로
내가 아끼며 쓰지도 않던 저 학습장을 달라 했는데
금방이라도 쌀 것만 같은데……
엉덩이를 비비 꼬며 참을 대로 참았지만
도저히 참을 수가 없다.

안 돼. 저 학습장은 도저히 아까워 못 줘.

씨, 그래.

오늘 죽음을 각오하고 혼자 가는 거다.

그깟 귀신, 살짝 가면 지가 어찌 알려고

방문을 열고 밖에 나오니

칠흑같이 어두워 아무것도 보이질 않는다.

까치발로 살살 어림 삼아 뒷간을 가는데

금방이라도 멍석귀신, 달걀귀신들이 달려들 것만 같다.

거적으로 된 뒷간 문을 들추고

더듬더듬 똥단지 위 나무 발판을 찾아 걸터앉고는

시원스레 똥을 누니 살 것만 같다.

똥귀신이 금방이라도 손을 내밀어

내 불알을 낚아챌 것만 같아 엉덩이를 번쩍 들어 다 보고는

보드랍게 망치로 패 한쪽 구석에 세워둔 볏짚을 똘똘 말아

밑을 닦고 빨리 나가려 하는데 똥 다리가 기우뚱하더니

그만 똥통 속으로 쑥 빠져버리고 말았다.

허리춤까지 차는 똥 속에서 살려달라

소리 소리 쳐대며 엉엉 울어버렸다.

금방이라도 똥귀신이 손을 내밀 것만 같고……

엄마, 아버지 손에 끌려 똥통 속에서 나와

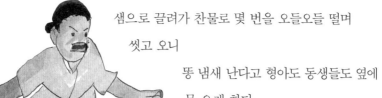

샘으로 끌려가 찬물로 몇 번을 오들오들 떨며

　씻고 오니

　　　똥 냄새 난다고 형아도 동생들도 옆에

　　못 오게 한다.

　　큰 죄라도 지은 죄인처럼 한쪽 구석에서

쭈그리고

새우잠을 자야만 했다.

노름

또 그랬대유?

에구, 고얀 인간······

노름판에서 또 땅 한 뙈기 날렸다는 큰아버지를

입에 거품 물고 욕을 해대는 엄마.

우리 집안은 동네 문전옥답은 다 소유했고

고래등 같은 기와집에서 떵떵거리며

양반입네 하고 살았는데······

큰할머니께서 큰아버지와 큰고모님만 낳고는

일찍이 세상을 뜨셨다.

작은할머니 소생인 아버지는

서출 자식이라며 늘 천대만 받고 살았으며,

일본 식민지 땐 보국대에 끌려갔다.

해방되어 돌아와 결혼 후,
보리쌀 세 됫박에 사발 두 개만 달랑 들고는
남의 집 사랑채로 쫓겨나다시피 신접 살림을 시작하셨다.
바로 6.25 동란이 일어나 전쟁터에서 싸우다
휴전이 되어 구사일생으로 살아온 관계로
많은 자식들 입에 풀칠하기도 힘든 생활을 하여야만 되었다.

아버지는 큰댁의 머슴과 함께 그 많은 농사 다 지어주며
남의 땅 소작과 남의 소 어우리로 키우며
우리 칠남매 간신히 목숨 연명해가는 고달픈 삶을 살고 계셨다.
그런 속에서 자라는 우리도
언제나 가난 속에서 기죽어 살아야만 했던
지난 어린 시절들……

그 많은 재산 큰아버지께서 다 소유하시곤
겨울이면 노름판에서 이곳저곳 다 날려보낼 때마다
엄니와 아버지께선 한숨을 지으며 욕을 해댔다.

장마와 낚시

장대비로 쏟아지던 비가 그쳤다.
개울물이 불어 어제부터 학교를 안 가니 신이 난다.
다래끼에 소꼴 두 번만 베다놓으면 동생이나 봐주면 되기에
일찌감치 두 다래끼 풀 베다놓고는 낚시하러 나섰다.

형아가 길쭉한 물푸리나무에 비료푸대 실을 매달고
자그만 돌멩이를 줄 끝에 달고 낚시를 달아 만들어놓은 건데
형아가 있을 땐 만지지도 못한다.
형아가 학교 늦게 끝나는 바람에 물이 불어 집에 못 오고
장터 큰집에서 자고 학교 다니는 덕에 오늘은 내 차지다.

물이 많이 불어 시뻘건 흙탕물이 콸콸 소리를 치며
무섭게 흘러간다.

잉어수에는 아무리 물이 많아도 잔잔해 장마 낚시 하기엔 딱 좋다.
평상시에도 물길이 한 길 넘고 물이 빙빙 돌고 있어
어른들은 위험하다고 못 가게 하는 곳이다.
오늘같이 물이 많이 불은 날은 개울뚝과 물이 차이가 없어 참 좋다.

낚시에 지렁이를 꿰어 물속으로 던지고 있으니
한 뼘도 넘는 누런 동자개가 신나게 물려 나온다.
남동생은 따개비 잡는다고 폴짝폴짝 신이 나 잘도 논다.
버들가지 꽁지에 꿰어 대기가 바쁘게 물려 나온다.
신이 났다.

한참을 정신없이 잡다보니 조용한 게 느낌이 이상하다.
주위를 살펴보니 악! 동생이 안 보인다.
가슴이 덜컹 내려앉는다.
눈앞이 캄캄해진다.
아, 어쩌나.

이때 물속에서 허우적대며 쑥 올라오는 동생.
쏜살처럼 손을 잡아 낚아채 올렸다.
울지도 못하고 축 늘어진 동생.
배를 누르니 입에서 물이 쫙 넘어온다.

그러더니 "억, 헉" 하며 숨을 내쉰다.
파란 입술을 벌벌 떨면서
"엉아, 집에 가" 한다.
너무나 기뻤다.
눈물이 쏟아진다.
등에 업고 "그래, 가자" 하고 정신없이 달려 집에 왔다.

아버지 엄니 누나는 들에 갔는지 보이질 않고
여동생 둘만 보인다.
다행이다.
그냥 놔두면 안 될 것 같다.
약을 먹여야겠다.
안방 문 위 복조리 속엔
언제나 빨간 영사 덩어리가 있던 게 떠오른다.
엄마가 동생들 아플 때 갈아 먹이는 것을 보았기에
조그만 한 덩어리를 숟갈에 놓고 갈아 물을 조금 섞어 먹였다.
이마에도 발라주었다.
내 가슴은 아직도 콩닥거린다.

엄마가 알면 쫓겨날 일이다.
우선 남동생에게 다짐을 받았다.
아무에게도 말 안 하기로……

손가락 걸고 약속도 했다.

약속 안 지키면 궁뎅이에 소나무 난다고도 일러주고

두 여동생에게도 약 먹인 거 이르지 않기로 맹세하고……

이제는 살았다.

안도의 한숨을 내쉬고 나니

아뿔싸, 형아 낚시……

개울로 달려갔다.

있을 리 없다.

이미 물에 떠내려가버린 것이다.

큰일이다.

형아에게 뒤지게 얻어터질 텐데 어쩌나

그래 낚싯대는 뒷간 한켠에 도리깨 만들려고

아버지가 해다놓은 게 있지.

그중에 제일 긴 물푸레나무를 골라 낫으로 매끈하게 다듬었다.

형아 것보담도 더 좋다.

헛간을 기웃거리며 찾아보니

비료푸대 실을 돌돌 말아놓은 게 있었다.

이제 낚시만 구하면 되는데 어쩐다?

그래, 가는 철사를 구해 낚시 모양을 만들어 달았다.

자그만 돌멩이도 하나 매달고……

허, 이젠 됐다.

저녁에 엄마에게 빗자루로 실컷 두들겨 맞았다.
동생 그러다 죽었음 어쩌냐며
가슴이 벌벌 떨린다며 사정없이 내치신다.

며칠 후, 형아한테도 뒤지게 얻어터졌다.
낚싯대 사놓으란다.

에구, 역시 어린 것들은 못 믿어……

강냉이죽

당번들이 바케쓰에 뭘 들고 들어온다

모두가 신기한 듯 둘러서서 말들이 많다

나도 궁금해 가보니 샛노란 색깔의 뭔 죽이다.

밥 굶는 거지 같은 애들에게 준다는 둥

꿀꿀이죽이라는 둥

손가락으로 찍어 맛을 보며

이걸 어떻게 사람이 먹느냐는 둥……

점심시간,

선생님이 아이들을 몇 명 부르는데 나도 끼어 있다.

다른 아이들은 왁자지껄 도시락을 먹는데

우리는 불려나가 그 노란 죽을 한 컵씩 나눠 받았다.

그러곤 다른 친구들을 본다.

아, 저 눈초리.

돼지죽을 먹는 놈들……
저걸 정말 먹을까?
하는 호기심 찬 눈초리로 바라보는 뜨거운 시선들.
얼굴이 확확 달아오르며 도저히 먹을 용기가 안 난다.

쥐구멍에라도 들어가고픈 이 심정.
내가 돼지가 되어야 하나?
내가 이걸 먹으면 정말 돼지지?
울컥 자존심이 상해온다.
받아든 노란 강냉이죽을 책상에 놓고는 후다닥 뛰어나가니
선생님의 부르는 소리가 등 뒤에 들려온다.

운동장 철봉대로 달려나가 턱걸이를 몇 번 해대며
그래, 절대 안 먹을 텨.
난 돼지가 아니란 말여.
혼자 악을, 악을 써댔다.

그 이튿날도 또 그 이튿날도
쪼르륵거리는 배 속을 샘물 한 바가지로 채우면서
그 노란 강냉이죽을 먹지 않았다.

삼 일째 되던 날.

점심시간이 되자 또 밖으로 나가려는 날 부르는 선생님.

직접 강냉이죽 한 컵을 떠서 손에 들려주며

암말도 말고 먹으란다.

그래도 안 먹겠다 고집을 부리니

내 귀퉁배기를 한 대 내갈리며 빨리 이 자리서 먹으라 다구친다.

화난 선생님이 무서워 눈물을 주르륵 흘리며

억지로 한 컵을 다 먹었다.

동무들의 따가운 시선을 받는 내 뒤통수가

너무나 뜨겁기만 했다.

난 드디어 돼지가 되는구나.

아, 부끄럽다.

창피했다.

그 강냉이죽을 먹고는 배가 너무나 아파왔다.

그 이튿날도, 그담 날도

강냉이죽만 먹고 나면 늘 배가 아팠다.

한 달 정도가 지나서야 배 아픔도 없어지고

배도 불러 참 좋았다.

은자의 가방

개울가 설래길 바위 모퉁이에 앉아
이제나저제나 기다리는데 영 오지를 않는다.
오늘은 다섯 시간만 하고 마쳤으니 벌써 올 때가 넘었는데……

다시 한번 개울물에 발 담그고 맑은 물을 손에 떠서 세수를 하고
손등에 낀 때를 조약돌로 빡빡 문질러냈다.
피래미들이 다리에 상처 나 곪은 자리를 뜯어대니 시원하다.
누런 고름 덩이를 모두 떼 먹고 나니 빨간 속살이 보인다.

얼마를 더 기다리니 종수랑 호떡을 먹으며
뭐가 그리 재밌는지 깔깔대며 오고 있다.
은자 가방은 오늘도 저 녀석이 들고…… 은근히 화가 났다.
종수란 놈이 너무나 얄밉다.

나랑 잘 다니던 은자가 저 얄미운 종수란 녀석이
매일 호떡을 사주는 바람에 나랑은 어울리지도 않고
매일 저 녀석하고만 어울린다.

나도 돈 있으면
저 녀석보담도 더 많이 사주고 싶은데 돈은 없고……
공부도 나보다 못하고, 기운도 없고,
누런 코를 항상 질질 흘리는 녀석에게
호떡에 홀라당 넘어간 은자가 너무나 얄밉다.

며칠 전, 은자랑 놀지 말라고 때려줬더니
은자한테 일러바쳐서
니가 뭔데 놀지 마라 그러느냐 화를 냈다.

나는 먹는 게 좋다 해서
어제 소풀 뜯기면서 풀섶을 헤치며 따 모은 산딸기를
비료푸대 종이에 싸서 은자에게 주려고 가져왔는데
언제나 말려주고 숙제도 해줬는데……
이런 내 맘도 몰라주고 저 녀석과 또 히히덕이다.

당장에 딸기 봉지를 물에 던져버리고만 싶어진다.
히히대며 지나간 길에 달콤한 호떡 냄새가 풍겨 흐른다.

힘없이 앉아 산딸기 봉지를 펼쳐보니
이쁜 산딸기 알들은 짓뭉개져 커다랗게 한 덩이가 되어 있었다.

며칠 후, 종수네 집에선 서럽게 우는 소리가 들렸다.
단지 속에 묻어둔 돈을 종수가 훔쳐가서
감나무에 매달려 두들겨 맞고 있단다.
고 녀석 참 고소하다.

그 후론 예쁜 은자의 가방은 내 차지가 되었다.

글
짓
기
대
회

집으로 가려는데 선생님이 부르신다.

이거 네가 쓴 거 맞냐며

지난 방학 때 글짓기 과제물을 손에 들고 물으신다.

친구들과 발가벗고 물놀이한 내용인데……

고개를 갸웃거리시며 내일까지 다시 한번

아무 내용이나 써서 가져오라신다.

발가벗고 물놀이한 게 잘못인가 싶어

호롱불 밑에서 끙끙대며

동생들과 참깨밭에서 맹충이 벌레 잡던

그 모습을 적어서

또 혼날까 싶어 누나에게 보여줬더니 잘 썼다 하기에

그 이튿날 선생님께 가져다드렸다.

며칠 후, 교무실로 오라는 선생님의 호출에
뭐 잘못한 거 없나 생각해보며
떨리는 맘으로 교무실로 가니
선생님께서 우리 학교에서 제일 이쁘신 여선생님께
"이 녀석입니다."
하며 나를 잡아끄신다.

"어머나!"
놀란 얼굴로 이쁜 선생님이 바라보시더니
장터 옷가게로 데리고 가
세상에서 가장 좋은 이쁜 옷을 골라
나의 덕지덕지 꿰맨 누더기 옷을 벗기더니 입혀주신다.

그저 어안이 벙벙한 채 또 이끌려 신발 가게에 가서는
까만 운동화를 골라 발 앞에 놓고는 신으라 하신다.
왜 이러시나?
이쁜 선생님이 무서워진다.
팔다리가 덜덜덜 떨려온다.

겁먹은 눈만 껌뻑이고 있으니 곱게 웃으시면서
며칠 후, 교육청에서 글짓기 대회가 있는데
거기 가서 글짓기 잘하라고 사주는 거니

신으라면서 몇 번을 때우고 꿰맨
타이야표 검정 고무신을 벗기고 운동화를 신겨주신다.

평생에 처음 신어보는 운동화에
부잣집 아들 기홍이 옷보다도 더 좋은 옷.
두근두근 나의 가슴은 떨려오고
정말 내 건가 몇 번을 되뇌어본다.
돌아오는 길에 흙먼지에 더러워질까 싶어
장터를 벗어나서는 새 옷을 벗고 누더기 옷을 입으니
멀리서 이쁜 선생님이 내 모습을 보곤
입을 손으로 가리고 웃으신다.

드디어 글짓기에 나가는 날.
멋진 새 옷에 운동화를 신고 나서니 형아 동생들이
너무나 부러워한다.
풀섶 이슬에 젖을라 흙에 묻을라
조심조심 학교를 갔다.

4학년 여자애랑 이쁜 선생님이랑
뻐스를 타고 교육청으로 향했다.
난생처음 타보는 뻐스가 출발해
미루나무가 나란히 서 있는 울퉁불퉁한 길을 달리니

첨엔 너무 신이 났으나
미루나무가 눈 속으로 달려드는 것 같더니
속이 울렁거리며 머리가 빙빙 돈다.

메스껍다.
아침에 먹은 보리밥을 기어코 차 바닥에 토해내고 말았다.
새 옷도 운동화도 토해낸 보리밥과 된장찌개로
얼룩이 졌다.
점점 더 어지럽고 힘이 빠진다.
죽을 것만 같다.
이쁜 선생님이 꼭 안아서는 정신 차리라며
눈물을 흘리시는 게 어슴프레 보이고는 꿈을 꾼다.

고운 냄새가 풍겨온다.
무슨 냄새일까.
아, 내가 좋아하는 찔레꽃 향기다.
참 좋다.
얼마를 알 수 없는 곳을 날아다녔다.
멀리서 날 부르는 엄마의 음성.

살며시 눈을 떴다.
희미하게 눈에 어리는 이쁜 선생님.

눈물을 철철 흘리시며 나를 바라보고 있었다.
눈을 뜬 나를 보시고는 큰 소리로 엉엉 우시면서
살았구나 하시며 꼭 안아주신다.
찔레꽃 고운 향이 물씬 풍기니 너무나 기분이 좋았다.

글짓기대회에 참석도 못하고 도중에 내려서
먼지 나는 신작로를 터덜터덜 걸어서
삼십 리 길을 되돌아오는 길이
왜 그리도 멀기만 한지……

4학년 여자애는
그 후 나만 보면 벌레를 본 것마냥 외면을 하고
30리 뻐스 길에 죽을 뻔한 촌놈이라고 소문만 나고……
이쁜 선생님의 찔레꽃 향수만이
내 가슴에 깊이 자리하였다.

산
불

겨울방학이 되니

청주에 사는 고종사촌 여동생이 놀러 왔다.

말이 동생이지 나랑 동갑이고 생일만 나보다 늦다.

오늘도 동생들과 함께 개울로 썰매를 타러 갔다.

넓은 개울물은 추위에 꽁꽁 얼어 얼음판이

되었다.

다른 애들도 많이 나와 썰매도 타고

팽이도 치며

모두가 신나서 야단들이다.

얼굴도 하얗고 옷도 이쁘게 입은

고종사촌 여동생이 얼음판으로

내 손을 잡고 들어가니

한두 살 더 먹은 형아들이 우르르 달려와

썰매도 서로 태워준다.

한참을 신나게 놀고 나니

발도 시리고 손도 시려와

동네 또래들과 개울가 잔디밭에 불을 놓고 쪼이고 있었다.

이때 누군가 얼음이 깨져 사람이 빠졌다고 소리를 친다.

달려가 보니 고종사촌 여동생과 또 한 머스마가 물에 빠져

허우적대고 있다.

이쁜 여자애를 썰매에 태우니 신이 난 머스마가 뽐내려고

여울진 얼음판으로 달려가다가

얼음이 얇아 깨져 빠지고 말았다.

물은 가슴까지 차오르는 깊지 않은 곳이지만

얼음 위로 올라오려고 얼음을 짚고 힘을 주면 깨져버리고

또 그러면 또 깨지고……

얼마를 그러고 있으니 둘은 꽁꽁 얼어 추위 어쩔 줄을 모르고.

모두가 다급해하다가

누군가가 칡넝쿨을 잘라다 던져서 간신히 끌어올렸다.

꽁꽁 언 두 사람을 데리고 불 놓은 곳으로 가보니

아뿔싸, 불이 번져 산으로 타오르고 있다.

모두가 달려가 솔가지를 꺾어 불을 열심히 끄려 하나
불어대는 바람 따라 잘도 번져만 간다.
더구나 불타고 있는 이 산은
호랑이로 소문난 은자네 아버지 산이다.
다행히도 동네 어른들이 몰려나와 산 중턱까지 태우고는
불길을 잡았다.

하지만 우리 몇은 불을 놓은 죄 때문에 걱정이 되어
안절부절못한다.
호랑이 은자 아버지가 그냥 넘어갈 리 없을 테니 이 일을 어쩌
나……
아마도 산불 냈다고 징역살이를 시킬지도 모를 거라는
형아들의 말에 더더욱 걱정이 된다.

모두가 집으로 돌아간 개울에
불낸 우리 넷만 가도 못하고 발을 굴러대며 걱정만 한다.
얼마를 그러고 있다가 동네로 올라오는데
아랫고개로 자전거를 끌고 올라오는 이는
순경 아저씨 같아 보인다.
아이구,
벌써 신고해서 우릴 붙잡으러 오나보다라는 동기의 말에
우리 넷은 개울을 달려 산으로 도망을 쳐댄다.

산 하나를 넘고

깊은 산골짜기 양지바른 곳 나뭇더미 속에 몸을 숨겼다.

해가 설풋 넘어갈 때까지 점심도 굶고 덜덜 떨며 숨어 있다가

이젠 순경도 찾다 지쳐서 돌아갔겠지 하고는

나와 서로 얼굴을 보니

얼굴엔 검댕이칠로 얼룩이 지고

머리털은 불 ㄲ느라 ㄲ슬려서 엉망이고……

그 ㄲ락서니들을 보니 웃음이 터져나온다.

춥기도 하고 배도 고파

살금살금 순경이 없나 살피며 동네로 들어서니

집에 들어오도록 아무 일도 없이 조용하기만 하다.

몰래 부엌에 들어가

부뚜막에 걸터앉아 찐 고구마를 까 먹고는 방에 들어가니

찬물에 빠져 콜록이는 고종사촌 여동생이

어디 갔다 이제 왔느냐고 물을 뿐 아무 일도 없다.

그 이튿날도,

또 그 이튿날도 아무 일 없이 그냥 넘어갔다.

타이야표 꺼먹고무신

오늘은 청소 당번.

교실 청소를 모두 마치고 선생님께 검사를 받고는

책보를 허리에 동여매고 골마루를 나와

신발장을 보니 내 신발이 없다.

비가 쏟아지는 운동장도 샅샅이 뒤지고

화장실도 맨발로 돌아다니며 아무리 찾아도 보이질 않는다.

큰일났다.

새로 산 지 삼 일밖에 안 됐고

더구나 새로 나온 타이야표 꺼먹 고무신인데……

집에서 알면 맞아 죽는다.

어떤 놈이 훔쳐간 게 틀림없다.

화가 머리끝까지 치밀어 오른다.

십 리 길을 비를 흠뻑 맞으며 맨발로 걸어서 집에 오니
마루에 엄마 아버지가 앉아 계신다.
신발 잃어버린 거 들통나면 난리가 날 건데……

안되겠다.
뒤꼍 울타리 개구멍으로 몰래 들어가
거적을 살며시 들어올리고 부엌으로 들어가
책보를 펴서 젖은 책을 부뚜막에 널어놓고는
가마솥을 소리 나지 않게 살짝 열어보니
감자알이 들어 있는 보리밥 한 사발이 반겨준다.
살광 속의 된장을 꺼내 부뚜막에 걸터앉아
맛있게 먹고는 웃방으로 몰래 들어갔다.

신발 찾아오라고
부지깽이를 휘두르며 쫓아오는 엄마를 피해
아무리 뛰어도 달아나지질 않는다.
엄마 손에 붙잡혀 매를 맞으며
"잘못했어유, 한 번만 용서해줘유."
하고 소리를 치는데……

"애, 애, 왜 그랴?"
누나가 흔들어 깨운다.

휴, 꿈이구나.

그래, 꼭 찾아야지.

어떤 놈인지 꼭 붙잡고 말 텨.

밖을 나와 몇 번을 때우고 또 꿰맨 노랑 고무신을 찾아 신고

부엌에 들어가니 책은 다 말려서 책보에 잘 싸놓았다.

누나가 그랬을 거다.

아직은 어둑어둑한데…… 안개가 살포시 내려 있고

윗집의 장닭이 꼬끼오 새벽임을 알린다.

그래, 지금 가야지.

일찍 학교 정문에 서서 지켜야지.

새 신발이니 찾을 수 있을 거야.

조금은 무섭기도 했지만

잃어버린 고무신을 찾으려면 참고 가야지.

고무신을 바짓가랭이에 넣고 둘둘 말아 머리에 동여매고

책보는 두 손으로 번쩍 머리 위로 올리고

개울물에 들어서니 가슴까지 물이 차오른다.

평소엔 허벅지까지 차는데 어제 내린 비로 물이 제법 불어

뻘건 흙탕물에 겁이 좀 난다.

물살이 세니 딛고 선 발밑의 모래가 패여나가 자꾸 넘어지려 한다.

다리에 힘을 잔뜩 주고 조심조심 중간쯤 건넜을 때
자꾸 떠내려만 가니 너무나 무섭다.
으앙, 소릴 지르며 울었다.
그러곤 물속으로 빨려들어갔다.

아스므레 소리가 들린다.
울음소리도 같고……
뭔 일일까, 눈을 떴다.
사람들이 많이 서 있다.
엄마도 아버지도
나를 보더니 와락 끌어안으며 엄마가 우신다.
동네 아줌마들도 아버지도 우신다.

정신을 차리고 둘러보니 에구, 부끄러.
알몸이다.
동네 계집애들도 다 있는데……

아랫집 아저씨가 새벽일 하러 들에 가다
울음소리에 달려와 떠내려가는 나를 건져내니
잔뜩 물을 먹고 숨도 못 쉬는 내 배를 눌러 물을 빼고
입으로 숨을 불어넣어 겨우 살아났단다.

매도 안 맞고

새로 나온 타이야표 꺼먹 고무신 또 한 켤레 얻어 신고……

떠내려보낸 책보는 영영 못 찾아

형아가 쓰던 틀리는 헌책을 아무 소리도 못하고

가지고 다녀야 했다.

옆집엔 할아버지랑 할머니만 사신다.

전에 서당 훈장님이셨는데 요즘엔 한문 공부하는 학생이 없어

공부방은 늘 비어 있다.

자식을 못 낳아 큰집 아들을 양자 삼았는데

그 양자도 6.25 때 군에 가 전사하여 두 분만 사신다.

여름방학, 옆집에 손님이 왔다.

서울 사는 친척 아줌마가 우리 또래 여자아이를 데리고서.

하얀 얼굴에 멋진 옷 이쁜 운동화도 신고……

참 이쁘다.

다래끼에 가득히 소풀을 베서 골목길에 들어서니

이쁜 애가

"얘, 촌놈아" 하며 깔깔 웃는다.
부끄러워 고개를 푹 숙이곤 도망쳐 왔다.

개울로 멱감으러 가려고 집을 나서는데
이쁜 애가 언제 왔는지 작대기로 등을 찌르며 또
"촌놈아" 하고 깔깔 웃는다.
멱감으러 가는 것도 포기하고 또 도망쳐 방 안으로 들어와선
혼잣말로 '뭔 지지배가 저런 게 있어' 하곤
문틈으로 밖을 보니 혼자서 놀고 있다.

소나기가 신나게 쏟아진 후
집 앞 조그만 도랑에 물이 졸졸 흐른다.
동생과 같이 도랑물을 막고 호박 줄기를 잘라
물길을 만들어 여치집 만들 때 쓰는 풀대를 꺾어
물레방아를 만들어 놀고 있는데
이쁜 애가 언제 왔는지 그걸 빼앗아서 지가 가져 놀고
돌려주질 않는다.

이젠 슬며시 화가 난다.
"너, 안 줄 껴?" 하고 소리치니
힐끔 바라보기만 하곤 그래도 주질 않는다.
"내놔" 하고 팔을 움켜잡으니

"이 촌놈아" 하며 발로 걷어찬다.
화가 난 나는 그냥 밀어붙이곤 배에 올라타
주먹으로 얼굴을 쥐어박으니 뻘건 피가 코에서 흐른다.

겁이 났다.
일으켜 세우고는 쑥을 뜯어
보드럽게 비벼서 코를 막아주는데 울지도 않는다.
참 독종이다.

동생이 일러바쳤는지
엄마가 부지깽이를 들고 요놈 하며 쫓아온다
도망을 쳤다.
한참을 도망치며 뒤를 보니
이쁜 애도 같이 따라서 도망을 쳐온다.
뻘건 진흙은 이쁜 옷에 달라붙고 얼굴엔 코피가 뻘건 채로……

미안해서 도랑물로 가 뻘건 피를 손으로 닦아주고
진흙도 털어주니 이쁘게 웃는다.
"너네 엄마한테 이를 거니?"
겁이 나 물어보니
고개를 가로 흔들며 안 이른다 해 마음이 놓였다.

여치집도 만들어주고, 먹도 같이 감으러 다니고,

소풀 베는 데도 따라오고⋯⋯

며칠을 이쁜 애랑 즐겁게 놀았다.

참 신이 난다.

이
쁜

애

2

오늘도 개울 건너 동춘밭에 가
참깨밭의 맹충이를 잡고 오라는 아버지 말씀에
혼자 가기 싫어서 두 여동생을
옛날이야기 해준다고 꼬셔서 데리고 나서는데
서울 이쁜 애가 따라나선다.

동춘밭을 가려면 가슴까지 차는 물을 건너야 한다.
두 동생은 발가벗고 신나라 먼저 물을 건너가고
이쁜 애 때문에 부끄러워서 옷도 못 벗고 물가에 서 있는데
부끄럽지도 않은지 발가벗고 물로 들어서는 이쁜 애.
얼굴은 달아오르고 가슴은 콩닥거려 하늘만 바라보다가
살며시 곁눈질로 바라보니
동생들 몸은 깜둥이고 이쁜 애는 겨울철 하얀 눈송이 같다.

부끄러워 물에 들어서지도 못하고 모래밭에 앉아
이쁜 애가 빨리 물을 건너 옷을 입기를 기다리고 있는데
물 가운데서 무섭다며 소릴 지른다.
나는 부끄러워 가도 못하고
먼저 건너간 바로 밑 여동생을 불러
이쁜 애 좀 잡아주라니 작은오빠가 하라며 말을 안 듣는다.
이쁜 애는 울음 섞인 목소리로 소리를 치고······
'칫, 물살도 잔잔한데 뭐가 무서워.'
속으로 중얼대며 급히 달려가
손만 멀찍이서 잡아주려는데 와락 내 몸에 달라붙는다.

"헉. 애, 애 내려, 내려서 가."
너무나 부끄러워 떨리는 말로 애원을 하나
이쁜 애는 더욱 내 목에 달라붙는다.
잠시 시간이 흐르니 참 기분이 좋다.
부드러운 그 애 살결, 귓볼에 다가오는 숨소리······
온몸에 경련이 인다.

이쁜 애를 매단 어정쩡한 자세로
물을 건너 개울가에 다다르니
개울물이 좀더 길었음 하는 아쉬운 맘에
여동생의 얼레리꼴레리 놀리는 말도

잠결에 들리는 듯하다.

이
쁜

애

3

아무도 모르는 나의 비밀 장소.

헛간채 뒤 커다란 밤나무에 기대어

수북이 쌓아논 보릿짚더미에 굴을 파서 방처럼 만들어놓은 곳.

숨바꼭질할 때도 이곳에 와서 숨으면

절대 들키지 않는 아주 좋은 곳이다.

누렁이 녀석이 언제나 나를 따라다니는 통에 쉽게 들켜

이곳을 만들었다.

누렁이도 같이 들어가 숨으니

이곳을 만든 후에는 한 번도 들키지 않았다.

오늘 낮에 이쁜 애랑

개울에서 멱감고 노는 데 정신이 팔려

소풀을 안 베어와 저녁 소죽을 못 끓여줘

엄마한테 혼이 나 쫓겨났다.
다른 때 같음 엄마 화가 풀리길 굴뚝 뒤에 앉아 기다리다가
살금살금 기어 방으로 들어갔을 텐데
오늘은 비밀 방으로 가서 숨었다.

저녁밥도 못 먹고 쫓겨나서 혼자 한참을 누워 있으니 배가 고프다.
살며시 나와 우리 집으로 가려 하는데
옆집 문이 열리더니 이쁜 애가 쪼르르 달려나와
울타리 밑에 와 치마를 훌러덩 걷어붙이곤 쪼그리고 앉아
쏴 하고 오줌을 눈다.
어둑어둑 날은 저물어 잘 보이지는 않지만
이쁜 애의 궁뎅이를 보니 가슴이 마구 떨려온다.
기분이 묘하다.

다시 들어가려 일어서는 이쁜 애를 살며시 부르자
깜짝 놀라며 돌아보더니
나인 걸 알곤 울타리 개구멍을 빠져서 나온다.
비밀 방을 구경시켜주니
참 좋은데 어둡다며 집에 가 초를 가져와 불을 밝혔다.
환한 비밀의 방은 아늑하고 좋아졌다.
깔깔대면서 서울에 있는 테레비며, 전깃불, 전차들……
상상도 못할 아주 신기한 이야기에 너무나 신이 난다.

즐거운 이야기를 한참 듣고 나니 배가 고프다.

고개 넘어 은자네 밭에 노랗게 익은 참외가 생각이 나

서리하러 가자고 이쁜 애 손을 잡고 고개를 넘었다.

원두막 안에 희미한 호야등 불빛이 흘러나오고

은자 아버진 주무시는지 조용하다.

살금살금 발소릴 죽여 기어들어가

넌닝구 앞자락에 몇 알을 따서 후다닥 고갯마루로 달려와

이쁜 애랑 나눠 먹는 참외 맛이 너무나 좋고 즐겁다.

배도 부르니 밤하늘의 고운 별도 보며

푸른 하늘 은하수 노래도 하고……

마을 쪽에 불빛이 솟아오른다.

누구네 집에 불났나보다.

뛰어왔다.

불여, 불여

소리를 치며 동네 아줌마 아저씨들이 양동이를 들고 바삐 뛴다.

나도 따라 뛰어가보니……

아뿔싸,

우리 집 뒤 헛간에 불이 붙어 벌겋게 타오른다.

아,

큰일났다.

비밀 방에 촛불을 켜놓은 게 보릿짚에 옮겨 붙어

헛간까지 태우고 있는 것이다.

마을 분들은 안채 지붕에 올라가

초가집 위에 멍석을 깔고는 그 위에 물을 붓기만 하고

활활 타고 있는 헛간채는 바라만 보고들 있다.

홀라당 헛간이며, 뒷간까지 모조리 타고서야 불이 꺼졌다.

동네 사람들은 안채에 안 붙은 게 천만다행이라 하시며 돌아가고

이쁜 애랑 나는 오돌오돌 떨면서 큰일났다만 연발하고……

이튿날

엄마의 추궁에 사실대로 말하고는

부지깽이로 사정없이 두들겨 맞고 또 쫓겨났다.

이
쁜

애

4

사카루를 넣어 찐 달콤한 감자로 점심을 때우고
두 여동생과 이쁜 애랑
개울가에 매어놓은 소를 몰고
칡넝쿨이 우거진 산골짜기로 풀을 뜯기러 나섰다.

언제나처럼 소꼴비를 목에 칭칭 감아서 풀어놓고는
졸졸 흐르는 도랑물에서 돌 속의 가재를 잡는다.
큰 가재를 잡아주면
이쁜 애가 와 하고 좋아라 하는 모습에 신이 나
더 큰 놈을 잡으려 기를 쓴다.

이쁜 애가 밤나무를 보고 밤이 먹고 싶다 하면
쫓아 올라가 덜 익은 밤송이를 따서 하얀 풋밤도 까주고

개암나무 알도 따주고

뭐든지 말만 하면 다 들어준다.

두 여동생이 해달라 하면 안 해주니 삐지기 일쑤다.

말매미가 신나게 울어대니

이쁜 애는 말매미를 잡아달랜다.

높은 미루나무에 앉아 울고 있는 말매미를 잡으려고

가지도 없는 나무를 타고 올라가

잡으려면 날아 달아나버리고, 또 오르고

땀을 뻘뻘 흘려가며 이 나무 저 나무

오르락내리락하길 몇 번째 만에

간신히 잡아주고 난 후에야 우쭐거리고……

여름철 긴 해가 넘어갈 즈음에

소를 몰고 집으로 돌아가려고 찾으니 소가 보이질 않는다.

이 골 저 골 아무리 찾아도……

큰일났다.

이 소가 얼마나 귀중한 소인데

눈앞이 캄캄해지고 다리가 후들후들 떨려온다.

엉엉 울며 조밭에서 밭을 매고 있는 아버지께 달려가 알리니

손에 든 호미를 집어던지고

'뭐야' 소리를 지르고는 소를 찾으러 뛰어가신다.
엄마도 고래고래 소릴 치며 달려가시고
소 주인인 은자네도, 동네 아저씨들도 모두 나서서 찾았지만
밤이 깊도록 찾질 못하고 돌아왔다.

그 지지배랑 노는 데 정신 팔려
소도 안 돌봐 잃어버렸다고 매질을 하는데도
너무나 큰 잘못에 기가 죽어 도망도 못 가고
엄마 손이 아파 그만둘 때까지
그냥 울면서 두들겨 맞았다.

이 웬수야.
집 태우고, 소도 잃고 진작 뒤져라는 엄마의 고함.
아, 어쩔 거나.

온 식구가 잠도 못 자가며 불안에 떨고는
그 이튿날 꼭두새벽부터 찾아나섰다.
하루 종일 불안한 마음으로 밥도 굶고

해질 무렵
십 리 밖 황소와 놀고 있는 소를 찾아 몰고 오시며
열 달 후엔 예쁜 송아지를 낳을 거라며,

허허 웃는 아버지의 웃음에
죽었다 다시 살아난 기분이 이럴는지……
앞으로 소 잘 돌보라는 엄마의 야단을
한 번 더 듣고서야
보리밥을 한 사발 먹을 수 있었다.

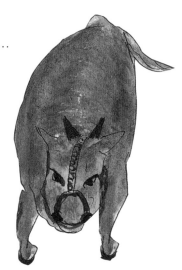

이
쁜

애

5

"엉엉."

아침부터 밖이 소란하다.

어? 이 울음소린?

뛰어나가 보니 갓을 쓴 훈장님의 손에 이끌려

버둥대고 있는 이쁜 애.

가기 싫어.

안 가겠다 버둥대며 울고 있다.

매일 나랑 어울려 말썽만 피운다고

강제로 서울로 데려다준다고 잡아끄는 할아버지.

울며, 애원하며 그렇게 이쁜 애는 갔다.

먹을 감아도

소풀을 뜯길 때도
늘 허전하기만 하고 재미가 없다.

동네 아이들은 연애했다 놀려댄다.
은자도, 금분이도 같이 놀려댄다.
놀림을 당할 때마다 화가 난다.
먹을 감고 오면서도 놀려주는 애들이 참 밉다.
즈네들끼리 몰려오며 뭐가 그리 우스운지 깔깔대니
더욱 화가 난다.

그래, 혼 좀 나봐라.
좁은 길둑에 있는 땅벌집을 길쭉한 작대기를 구해 찔러댔다.
땅벌들이 노랗게 몰려 나온다.
나무 뒤로 도망가 숨어서 지켜보니
멋도 모르고 재잘대며 오던 애들이
"엄마야. 앗, 따거."
소릴 치며 도망들 간다.
신이 났다.

만나는 애들의 얼굴이 퉁퉁 부어 웃움이 쏟아져 나온다.
고소했다.
말똥이다, 요 녀석들아.

덕
구

책보를 허리에 둘러메고 죽어라 달려가지만
이놈 덕구는 돌팔매를 맞지 않을 만큼 잘도 따라온다.
매일같이 반복되는 덕구와의 싸움.
십 리 길 학교까지 따라왔다가
교실에 들어가면 뒤돌아 집을 향해 발길을 돌린다.

덕구와 같이 학교 가는 길이 즐겁고 신나지만
학교에 가면 반 아이들이 개애비라 놀려대기에
매일매일 못 쫓아오게 돌팔매질을 하는데도
이놈 덕구는 눈치도 없이 계속 쫓아만 온다.

집에 와 소풀을 뜯길 때도,
앞 개울에서 발가벗고 미역을 감을 때도,

뒷동산에서 숨바꼭질을 할 때도
언제나 따라다니며 같이 지내는 누렁이 덕구.

뜨거운 여름날 학교에서 돌아오니
언제나 달려나와 반갑게 맞아주던 덕구가
오늘은 안 보여 휘파람을 힘껏 불어보건만 나타나질 않는다.

허전한 마음에 찾아나서니
외딴집 주막집에 동네 분들이 왁자지껄 요란스러워 달려가보니
막걸리를 한잔 하셨는지 뻘건 얼굴로 아버지가 나오셔서
멀건 국물을 한 그릇 떠다주며 먹으라기에
배고픔에 생전 처음 누린내 나는 맛있는 고깃국을 후딱 먹어댔다.
아버지께 덕구 안 보인다 얘길 했으나 들은 체도 안 하시고……

애들한테 우리 덕구 못 봤냐 물으니
지금 먹는 게 덕구란다.
"뭐? 우리 덕구? 방금 먹은 게 우리 덕구라고?"
기가 막힌다.
털썩 마당에 주저앉아 뒹굴고 소리치며
우리 덕구 내놓으라고 엉엉 울어댔다.

주막집 할아버지가 돈 한 주먹을

내 손에 쥐여주며 달래는데도 뿌리치며 계속 울었다.
언제 왔는지 형도 와 같이 울어대니
달래다 달래다 지친 우리 아버지
작대기를 들고 와 우리 둘을 때려대고
동네 사람들 달려와 말려대고……

그 이튿날도, 그다음 날도
덕구야 부르며 학교도 가지 않았다.

십
바
리
차

새벽부터 온 동네가 시끌벅적 야단이다.
담배건조실에 땔 석탄을 실은 십바리차가
개울 자갈밭을 따라 들어오는 날이다.

우리 동네에 차가 들어오는 건 일 년에 두 번.
오늘처럼 석탄을 싣고 올 때와
잎담배 실어 나를 때다.

길은 오솔길뿐이기에
개울 따라 자갈밭을 털털대면서
굽이굽이 돌고 돌아 갤갤대며 들어와
널찍한 개울가 잔디밭에
시커먼 석탄을 쏟아붓고는 다시 나가는데

마음씨 좋은 기사 아저씨는
학교 가는 우리들을 태워다주곤 한다.

오늘도 차를 탈 수 있으려나 부푼 기대를 하고
일찍이 아침밥을 먹고
책보를 등에 가로 동여매고 개울가로 나오니
동네 분들이 차 구경하러 많이도 나와 있다.
멀리서 덜컹대며 차가 오자
우리들은 반가워 뛰어 달려가
"와 십바리다. 엄청 크다."
조잘조잘 뒤따라오며 구경을 한다.

시커먼 석탄가루를
무덕무덕 나누어 내려놓길 지루하게 기다리는데
작업이 끝나고 돌아가는 차에 우리를 태워달라니
이쁜 은자만 앞 좌석에 태워주고는
그냥 내달린다.

이십여 명 되는 우리들은 달리는 차 뒤를 쫓아가며
"태워줘유."
소리를 치며 뛰었다.
얼마 가지 않아 여자애들은 지쳐 모두 포기하고

남자애들 댓 명만이
죽어라 뛰어가며 계속 태워달라 소리를 쳐댔다.

있는 힘을 다해 달려가니
차 꽁무니가 잡힐 듯 잡힐 듯하길 계속……
오 리 이상을 달려가니 모두 포기하고
나 혼자만 차 꽁무니를 따라 뛰었다.

'그래, 내 오늘 이 차 꼭 타고 말 텨.'
죽어라 달리고 달려 십여 리를 뒤쫓아 뛰어가니
개울물을 건너느라 차가 속력을 줄이기에
차에 매달려 적재함에 잽싸게 올라탔다.
숨이 턱까지 차 목구멍이 아파오고
뱃가죽이 터질 듯 아파왔다.

차 바닥에 털푸덕 주저앉아 숨을 고르고 있으니
이리 뒹굴 저리 뒹굴 내 몸은 시커먼 석탄가루에
깜둥이가 되었다.
그래도 오늘 재수 참 좋은 날이다.
얼마만에 타보는 차냐.

장터에 와 차가 멈추자

잽싸게 내려 학교로 달려가 교실에 들어서니
아이들이 모두 웃어댄다.
선생님이 들어오셔서는 어찌 된 거냐 물으시길래
차 타고 온 자초지종을 말씀드리니
종아리를 많이도 때리고는 어서 가 씻고 오란다.

걸어서 가면 십 리 길을
차 타느라고 십 리를 뛰었고
그래도 십 리 길 차를 타고 왔으니 참 좋았는데
매 맞은 것은 참 기분 나빴다.

상감

초가지붕 추녀 끝에 고드름이 주렁주렁 매달려
동생들과 바지랑대로 따서 칼싸움을 하며 놀고 있는데
아랫집 점순이 엄마가 헐레벌떡 달려와서
상감이 왔다고 알려준다.

상감.
말만 들어도 농부들이 벌벌 떠는
나무 조사꾼들이다.
모두가 나무를 해다 아궁이에 불을 때고 살아가기에
상감이 오면 어느 집이고 걸려서 난리가 난다.
더구나 우리 집은 지난여름 내가 이쁜 애랑 놀다
헛간을 태운 바람에 헛간을 새로 지으려고
산에서 몰래 나무를 잘라놓은 게 있었다.

아버지는 산에 나무하러 가고 안 계셔서

누나, 형아와 나, 엄마랑 같이

기둥으로 쓰려고 잘라다놓은 나무들을

두엄 속에 감추느라 정신이 없다.

들키는 날에는 벌금도 내야 하고 징역살이도 해야 한다며

정신없이 두엄 속에 파묻어댔다.

그러곤 삽작을 꼭 닫아 새끼줄로 잡아 매놓고는

고무신짝을 들고 모두 웃방으로 들어가

이불을 뒤집어쓰고 숨었다.

얼마를 그러고 있으니

"계시유" 하는 투박한 남자의 목소리.

틀림없이 상감이다.

이 소리에 엄마는 이가 딱딱 닿는 소리를 내며 벌벌 떨어댄다.

몇 번을 불러대니 엄마가 나에게

나가서 아무도 없다 말을 하라며 내몬다.

방문을 열고 마루에 나와

검은 양복을 입은 이와 순경 아저씨의 모습을 보니

무서워서 다리가 후들후들 떨리며,

입이 꽁꽁 얼어붙어 말도 안 나온다.

"어른들 어디 계시니?"

하고 묻는 말에 얼마를 떨고 있다가는

"웃방에 숨었어유."

하고 말해버렸다.

이 소리에 놀란 엄마 엉엉 울며 간신히 나와서는

순경 아저씨 발아래 무릎을 꿇고

"제발 한 번만 봐주세유" 하며 통사정이다.

겁에 질린 누나도, 형아도 나도 덩달아 함께 울어댄다.

엄마의 간절한 빎에도 아랑곳없이

두 사람은 뒤꼍으로 해서 한 바퀴 돌아서는

금방 두엄 속의 나무를 찾아내서 자로 재고 숫자를 헤아려 적어댄다.

이때 아버지가 나무지게를 지고 들어오시자

"왜 나무를 잘랐느냐" 호령을 해댄다.

아버지도 잘못했다고 싹싹 빌었으나 들은 체도 않고

더 감춘 거 없나 찾아만 다닌다.

가서 이장님 좀 어서 불러오라는 아버지의 말에

내가 뛰어가 이장님을 모셔왔다.

상감 일행이 이장님과 악수를 나누고는 방으로 들어가고

마당에서 놀고 있는 암닭을 붙잡아 삶아대고

주전자를 들고 주막에 가 막걸리도 받아왔다.

잔치 때나 볼 수 있는 푸짐한 상을 차려 방 안으로 들여보냈다.

이장님의 귀뜸으로 엄마는 옆집으로 달려가 돈을 꾸어다

두툼한 봉투를 만들어 들여보내고……

얼마 후, 웃음소리가 들리더니 모두 밖으로 나온다.

신발을 신으려던 검은 양복이 구두가 안 보인다며 두리번거린다.

모두가 마당을 둘러보아도 안 보인다.

뒤꼍을 돌아가 보니 아뿔싸,

우리 집 누렁이가 울타리 밑에 앉아서는 까만 구두를 물어뜯고 있다.

달려가 빼앗아 보니

이런, 구두 코빼기를 물어뜯어 갈기갈기 찢어놓았다.

이런 구두짝을 들고 가니 기가 막혀 모두가 입을 벌리고 있다.

또다시 엄마가 옆집에 달려가

돈을 꿔다가 구두값을 쳐주고는 돌아갔다.

모두가 돌아간 뒤에

형아와 동생들은 방에서 먹다 남긴 닭뼈를 빨아먹어댔지만

나는 또 부지깽이로 엄마에게 실컷 두들겨 맞아야 했다.

등신같이 없다고 하라니까 왜 웃방에 숨었다고 했냐고……

지
게

이제는

중학교 입시가 얼마 남지 않으니

진학반과 비진학반으로 갈라

진학반은 밤늦도록 공부하고

비진학반은 오전 수업만 하면 끝이다.

비진학반인 나는 일찍 집에 가기가 싫다.

아버지 따라서 언제나 힘든 일을 해야 하기에……

큰아버지가 선산을 잡히고 노름을 하여

그 산을 아버지가 빚을 얻어 사셨다.

산을 일궈 개간하느라 언제나 일은 넘친다.

학교에서 돌아오면 개간하는 밭으로 가

나무뿌리랑 돌들을 주워낸다.
아버지가 지는 커다란 지게를 질질 끌며
나르기도 하고……

뚝딱뚝딱,
아버지가 내 지게를 만드신다.
자그만 내 등에 언제나 짊어지고 다녀야 할 내 지게.
책가방 대신 난 지게를 져야 한다.
중학 입시 공부에 동무들은 머릴 싸매는데
내 등에 짊어지라고 우리 아버진 지게를 만드신다.

그날 후론 소풀도 다래끼가 아닌 지게가 대신이고
언제나 밭에 갈 땐 내 등에 지게가 따라다녔다.

누
렁
이

누렁아, 잘 가거라.

가기 싫어 버둥대는 누렁이를

장터 사는 아저씨는 사정없이 잡아끈다.

누렁이의 눈에서도 눈물이 흐른다.

징징 울며 뒤따라 개울물을 헤엄쳐 건너서

밤나무 숲속으로 사라질 때까지 서 있었다.

누렁이 엄마 덕구를 주막집에 팔아버린 후,

암놈인 이 누렁이는 덕구 대신 언제나 나의 동무다.

덕구처럼 학교에 따라오진 않았지만

소풀을 뜯길 때나 땡을 하거나 비석치기할 때

개울물서 발가벗고 물놀이할 때도

언제나 내 옆에 따라다니며 같이 놀았다.

한 가지 맘에 안 드는 것은
똥을 그렇게 잘 먹는 거다.
강아지 때부터 계집애 막내 동생이 똥을 싸면
'워리, 워리' 하고 큰 소리로 엄마가 부르면
마당에서 뛰어놀던 누렁이가
쫄랑쫄랑 꼬리를 흔들며 마루를 간신히 기어올라서
문지방을 넘어 안방으로 들어와
방바닥에 싸논 애기똥을 싹싹 핥아먹곤 나갔다.

애기똥은 언제나 누렁이 녀석이 그렇게 치워줬다.
내가 보이기만 하면 달려와
그 입으로 핥아대며 반가워하는데
똥 먹고 바로 그럴 땐 참 미워 죽겠다.

지난번 덕구를 주막집에 팔아버리고는
며칠을 학교도 안 가고 우는 데 겁이 났던지
"이 누렁이는 너 해라. 다시는 안 팔 거다."
하시고는
학교에서 돌아온 나를 보더니
아버지께서 부드러운 목소리로
"형아 수업료를 못 내서 큰일이다.
저 개 팔아 내면 안 되겠니?"

하시는 말씀에 눈물이 왈칵 쏟아진다.

"안 돼유."
하며 벌떡 일어나는 내 손목을 잡고는
"너도 이제 많이 커서 어려운 집안 형편을 이해해주면 좋겠다.
그럼, 형 학교 못 다니게 되면 어쩌니?"
하고 한숨을 내쉬는 아버지의 모습에 눈물만 흘리고는
아무 소리도 못했다.

내일이면 장터로 팔려갈 누렁이……
자꾸만 눈물이 나서 잠도 안 와 삽작 옆 누렁이 집으로 나오니
강아지 흰둥이를 품에 안고 잠을 자다가
꼬리를 흔들며 뛰쳐나와 손을 핥아댄다.
보릿짚을 푹신히 깔아논 개집으로 들어가
'잘 가거라 누렁아.'
누렁이의 목을 안고 울다가 그만 잠이 들었다.

진학
시험

시험 발표가 났다.

나도 합격이다.

진학반에서 열심히 공부한 애들도 많이 떨어져 징징 우는데

비진학반이던 내가 높은 점수로 합격하고 나니 우쭐해진다.

한편으론 몹시 불안하다.

집에 가서 말을 어떻게 하여야 할지.

시험 친 건 누나밖에 모르는데……

원서 접수 때가 돌아오니

나도 어떻게 해서라도

중학교에 가야겠다는 생각 때문에 안달이 난다.

고민고민하다 선생님을 찾아가

부모님이 못 가게는 하지만 합격하고 나면 보내줄지도 모르니
나도 시험을 치게 해달라고 말씀 드렸더니
두말도 않으시곤 그러라고 하신다.
이젠 며칠 안 남았으니 열심히 공부하라시며
예상문제지도 몇 장을 들려주신다.

가마솥에 고구마를 삶고 있는 누나에게 가
합격했다고, 이야길 하니
장하다고 격려해주며
엄마 아버지한테 보내주라고 말해본다고 한다.
신이 났다.
금방이라도 중학생이 된 거 같아
하늘을 날을 것 같은 기분이다.

호롱불 밑에 배를 쭉 깔고 숙제를 하고 있는 동생들이
문제 좀 풀어달라 하는데도
안방으로 건너간 누나의 좋은 소식만 기다려져
제대로 가르쳐줄 수도 없다.
몇 번의 엄마의 큰 소리가 들리더니 조용하다.

너무 궁굼해 견딜 수가 없어
살며시 나와 마루에 서서 귀를 기울이니

땅 사느라 빚도 많이 졌는데 어떻게 보내느냐.
그러다 모두 굶어 죽는다는 아버지의 한숨 섞인 말.
어려워도 가르쳐야 된다는 누님의 말도 들리고……

얼마를 그렇게 결정도 없이 보내버리고
결국 등록금을 준비 못하고 말았다.

꽁	한
치	
	마
	리

점심시간.

늘 그렇듯이 오늘도 철봉대에 매달려

거꾸로 운동장을 본다.

저쪽 둥그나무 아래 몇이 풀이 죽어 있다.

쟤들도 나랑 같은 처지가 뻔하지.

오후 수업 시간이 다가와 교실로 들어서니

교실 뒤에 여럿이 모여 웅성거린다.

옆 분단 내 옆자리 영덕이가 도시락 반찬인 생선을 먹다

가시가 목에 걸려 양호실로 갔다 한다.

반쯤 먹은 보리밥과 생선 토막이 담긴 네모진 도시락은

뚜껑이 열린 채로

너무나 구수한 생선 냄새를 풍겨대니
빈 내 배 속을 요동치게 해댄다.

아, 저 생선 한 토막 먹어봤으면
침이 연신 꼴깍꼴깍 넘어간다.
친구들 몰래 나도 모르게
먹다 남은 손톱만 한 생선 토막을 움켜
입에 넣고 말았다.

아, 너무나 맛 좋은 이 생선 토막.
조금씩 조금씩 우물거리며
아끼고, 아끼며 삼켜댔다.

몇 달 후 내 생일이 얼마 안 남은 어느 날.
찐 고구마 한 바가지와
무잎으로 담근 동치미로 점심을 때우면서
그때 먹은 꽁치 토막 맛이 너무나 그리워

"엄마, 내 생일날 미역국 끓여줄 거유" 하고 물으니
"그려, 끓여줄게" 하시는 엄마 말에
"미역국 말고 꽁치 한 마리만 해줄래유"
하고 말하니

말도 없이 그저 물끄러미 쳐다만 보신다.

내 생일날.

세숫물을 뜨러 부엌에 들어서니

아, 이 냄새.

배 속을 또 요동치게 하는 너무나 구수한 이 냄새.

신이 난다.

가슴이 부풀어 오른다.

생일날이라고 특별히

수북이 퍼 담은 보리밥 한 사발과

꽁치 한 마리가 내 몫으로 돌아오고

다른 형제들에게는 반 토막씩 돌아갔다.

꽁치 가시 한 점 남김없이

손가락까지 빨며

수북이 담긴 보리밥 한 사발을 다 먹고는

너무나 행복해했던 나의 생일날.

무엇이 이보다 더 맛날 수 있으랴.

교	은
복	자
입	
은	

매일같이 담배 온상 돌보랴,

소풀 베어 나르랴.

보리밭으로…………

힘든 농사일의 연속이다.

산은 모두 개간되어 넓은 밭으로 변해

담배며 콩, 팥, 조들을 심었다.

아버지의 권유에 옆집 글방 훈장님께 글도 배우러 다닌다.

낮에 일을 마치고 밤에 두어 시간씩 가서 배웠다.

한 달 동안 『계몽편』을 떼고 그다음 『명심보감』을 배운다.

낮의 피로에 지쳐

꾸벅꾸벅 졸면서 양반 자세로 바르게 앉아

몸을 좌우로 흔들며

'자왈 위 선자는 천이 보지이복하고
위불선자는 천이 보지이화니라.'
하곤

공자 가라사대 착한 사람은 하늘에서 복을 주고
악한 사람은 하늘에서 벌을 준다고 풀이도 하며
대목 대목 외어가며 노랫조로 읊조려댄다.

또한 형들을 따라 4-H* 활동도 같이 한다.
지덕노체도 배우고
예쁜 토끼 한 쌍을 분양받아 과제도 써간다.
토끼가 잘 자라는 게 참 즐겁다.

오늘도 저무는 해를 뒤로하며
소풀을 한 짐 베어 지고 앞에 소를 몰고 집으로 오는데
교복 입은 멋진 폼의 은자를 만났다.
부끄러움에 얼굴이 화끈거린다.
애, 거지 같은 농사꾼아 하며
금방이라도 놀려댈 것만 같다.

* 1947년 3월 낙후된 농촌의 생활 향상과 기술 개량을 도모하고 청소년들을 고무하기 위해 시작된 운동. 지성head·덕성heart·근로hand·건강health이란 뜻의 영단어 머리글자를 나타낸다.

그 후론 학교를 가는 시간이나 학교서 돌아오는 시간엔
교복을 입은 또래 아이들 눈에 띄지 않게 하려고
사방을 살피며 피해다녔다.

형아의 껌

형아가 학교에서 돌아오더니 껌을 질겅질겅 씹고 있다.

장터 사는 친구에게 얻었다 한다.

참 부럽다.

나도 한번 씹어본다 하지만 주지도 않는다.

밥 먹을 때도 벽에 붙여놨다 또 씹어댄다.

저걸 어떻게 하면 씹어볼 수 있을까.

그래, 잠잘 때 벽에 붙여놓고 잘 테지.

그때 씹어보는 거다.

형아가 호롱불 아래 배를 쭉 깔고는

책을 펴놓고 숙제를 하면서도

연신 질겅질겅 껌을 씹어댄다.

숙제를 다 하도록 졸린 눈을 비벼가며

자는 체 누워 형아 잘 때만을 기다렸다.

왜 저리 오래도록 하는지……

졸음이 밀려오는 눈을 간신히 참고 참으니

드디어 책을 주섬주섬 챙겨놓고는 씹던 껌을 꺼내 벽에 붙여놓는다.

됐다.

이젠 형아 잠들 때만 기다리면 되는 거야.

얼마를 기다리다 살며시 일어나 형아 자나 확인을 하고는

벽에 붙은 껌을 떼서 드디어 내가 씹었다.

단물은 다 빠졌지만 향긋한 껌 냄새가 참 좋다.

신이 난다.

아무리 씹어도 줄지도 않는다.

형아한테 들키면 두들겨 맞으니 형아 발 쪽으로 머리를 두르고

이불 속으로 파고들어 누워서도 질겅질겅 껌을 씹다

나도 모르게 잠이 들었다.

눈에 불이 번쩍 인다.

얼얼대는 귀퉁배기를 만지며 깜짝 놀라 일어나니

"이 자식, 내 껌 물어내."

하는 소리와 함께 또 한 번 형아의 주먹이 날아온다.

아, 이런!

내 머리에 짝 달라붙어버린 그 아까운 껌.

억지로 떼보려 해도 머리카락만 뽑혀 따갑기만 하다.

할 수 없이 가위로 머리카락을 잘라버렸다.

닭고기

개나리꽃이 노랗게 피어나자
오랫동안 암탉이 둥지 속에 알을 품고 있더니
드디어 노란 이쁜 병아리들이 태어났다.
엄마 닭이 꼬꼬꼬 해대며
병아리 떼를 이리저리 데리고 다니면서 모이를 찾는다.

옆집 사나운 개에게 몇 마리 희생되고
독수리에게도 몇 마리 잃고 났어도
다섯 마리나 잘 자라 큰 닭이 되었다.

아버지께서 장닭을 한 마리 붙잡아서
모가지를 비틀어 뜨거운 물에 튀겨 닭털을 뽑아댄다.
신난다.

맛 좋은 닭고기를 먹겠구나 기대하며 침을 삼켜댔다.
부엌 작은 옹솥에 푹 곤 닭고기 냄새가
집 안 가득 퍼져 흐르니 군침이 절로 돈다.
저녁 밥상에 맛난 닭고기가 올라오겠거니 기대하면서……

아니?
닭고기는 보이잖고
나물이 잔뜩 든 수제빗국이 저녁상으로 들어왔다.
모두가 엄마 얼굴을 바라보곤
"닭고기는요?" 하니
아버지께서
엄마가 아파서 황기도 넣고 약으로 잡은 거니
너희들은 건드리지 말아라 하신다.

에구, 이런……
그 맛 좋은 닭고기를 맛도 못 본단 말인가?
호롱불을 끄고 잠을 자려 누웠으나
모락모락 김이 피어오르는 닭고기 생각에 잠이 안 온다.
이불 속에서 살그머니 빠져나와
뒷간에 가는 척하고는 부엌으로 살며시 들어서니
시커먼 누군가가 후다닥 뒷문으로 도망을 간다.
깜짝 놀라 다시 들어와 이불 속으로 들어가 누웠으나

그놈의 닭고기 생각에 안절부절못해 잠이 안 온다.

다시 살그머니 밖으로 나와 부엌으로 몰래 들어가
옹솥 뚜껑을 살며시 소리 안 나게 열고는
손으로 듬뿍 건져서는 먹어대니
아, 이렇게나 맛난 고기.
명절 때나 되어야 돼지고기국 한번 먹어볼까 하는데……
또 한 번 건져 먹고 더 먹고는 싶었으나
그만 먹어야지, 엄마 약 해야 하니까……

그 이튿날 아침.
아침 밥상머리에 앉은 아버지께서
"누가 엄마 닭고기에 손을 댔니?" 하는 말씀에
이쿠, 조금 먹은 걸 어떻게 알았지?
가슴이 철렁댄다.
또 한 번의 다그침에 모기만 한 목소리로
'저유' 하니
형아도 '저유.'
밑의 여동생 둘도 '저유, 저유' 해댄다.

뒤지게 혼이 날 줄 알고 겁을 잔뜩 먹었던 우린
"앞으로 약에 손대면 안 돼야?"

말 한마디 하시곤 그냥 넘어갔다.
몰래 부엌에 나가 옹솥을 열어보니
기름이 동동 뜨는 국물 속에 닭뼈만이 남아 있었다.
밤새 우리들이 몰래 다 먹어치운 것이다.

거지

꺼먹 빤쓰만 입고는 동기가 횃불을 들고
나는 족대로 잠든 물고기를 잡고
창수는 다래끼 메고 다니고……
신이 난다.

커다란 쏘가리도 잡고
꺽지, 모래무지, 참마자, 동자개, 꾸구리도 잡고
징게미, 퉁사, 메기도 잡느라 밤도 깊은 줄 모르고
개울 물길을 따라 올라왔다.

"첨벙."
물 위에 돌이 떨어진다.
깜짝 놀라 주위를 살피니

아뿔싸, 고기 잡는 데 정신이 팔려
공동묘지가 있는 땡삐리까지 올라왔다.
귀신이 버글버글 산다는 땡삐리.
어른들도 밤엔 오기를 꺼리는 곳인데……

겁이 잔뜩 난다.
다시 물 위로 돌들이 날아온다.
물에서 나와 자갈밭을 따라 내려오는데
공동묘지 쪽에서 불빛이 보인다.
무서움에 덜덜 떠는데 동기가 으앙 울기 시작한다.
동네를 향해 내달린다.

족대도, 고기 담은 다래끼도
횃불마저 내던지고 갈대에 걸려 넘어지고,
자갈에 무릎이 깨지고
엉엉 울며 죽을힘을 다해 뛰었다.

개울가서 제일 가까운 동기네 집으로 뛰어 들어가
이불을 뒤집어쓰고 한참을 있으니
큰일이다, 그 귀한 족대.
은자를 살살 꼬셔서
외양간 높게 매달아논 족대를 몰래 빌려온 건데……

다래끼도 매일같이 소풀 베러 다닐 때 메고 다니는 건데······

잃어버리는 날엔 호랑이보다 더 무서운
은자 아버지한테 아마도 맞아 죽을 거다.
다시 가 찾아야 한다.
그런데 귀신이 있을 텐데 겁이 나 못 가겠다.
어쩐다······

그래.
동기 삼촌한테 같이 가자 해야지.
귀신 잡는 해병 청룡부대로
월남까지 다녀온 동기 삼촌인데 그까짓 귀신쯤이야.
호롱불 밑에서 책을 보고 있던 동기 삼촌.
귀찮다 안 가려는 걸 매달려 족대를 찾으러 나섰다.

힘센 동기 삼촌 뒤에 바짝 뒤따라가는데도 덜덜 떨린다.
공동묘지에 다다르니 금방이라도 귀신이 달려들 것만 같다.
후레시로 사방을 비추며 찾아도 보이질 않는다.
어디로 간 걸까.
분명 여기다 놓고 도망갔는데······

저 위 행상집에 불빛이 보인다.

겁 없는 삼촌 뒤를 따라 살금살금 가보니
행상집 앞에 냄비를 걸어놓고 불을 때고 있는 건
낮에 뒤따라다니며 놀려댄 여자 거지였다.
그 옆에 족대랑 다래끼도 있고……

화가 나 돌을 집어던지려 하니 삼촌이 말린다.
아, 상여집 안에
내 또래는 되는 여잔지 남잔지도 모를 애와
동생으로 보이는 애들 넷이서
벌벌 떠는 모습이 후레시 불 안에 들어온다.

그 후 동기네 사랑채엔
그 거지네가 들어와 살았다.

좋은 친구

명구

비 오는 날은 참 좋다.

매일같이 들에 가 일을 하다가 모처럼 쉴 수 있는 날이기에……

소풀도 비 오는 날에는 아버지가 베어오고 종일토록 내 시간이다.

이런 날은 경환이 형네 집으로 마실을 간다.

나이는 나보다 아홉 살이 더 많지만

폐병을 앓기에 몸은 삐쩍 마르고 기침을 한다.

사람들은 병 옮는다고 그 집 가기를 꺼리지만 난 참 좋다.

4-H 회장이기도 하고

언제나 다정히 반겨주며 늘상 희망을 갖고 살으라 격려해주고

어렵게 힘든 삶을 살아온 이야기도 해준다.

국민학교도 못 다니고 혼자 공부한 이야기며,

서울에서 몇 년 동안 공장에 다닌 이야기도 들려주고……

더욱 좋은 것은 책이 많이 있다는 것이다.
요즘은 무협지와 소설책에 푹 빠져 산다.
내가 책 속의 주인공이라도 된 것처럼 울고 웃고
또한 신이 나 즐거워한다.
일하는 들로도 가지고 가 읽다가 아버지께 혼나는 게 다반사다.

아주 좋은 친구도 생겼다.
거지로 떠돌다 동기네 행랑채로 들어와 사는
내 또래 아이 명구랑 단짝이 됐다.
걔네 아버지가 6.25 때 인민군으로 들어가자
살던 동네 방첩대장이 시시때때로 찾아와 들들 볶아대는 통에
밤중에 맨몸으로 도망을 나왔다는 사실도 알았다.

4학년까지 다니다 학교를 그만둔 사실도
책 읽기를 좋아하는 것도
언제나 들에 가 일을 해야 하는 것도 나랑 비슷해
자연히 친하게 되었다.

요즘도 지서에서 수시로 나와 그 집을 살피고 가는데
행여 명구랑 친하면

우리에게 해가 돌아오지나 않을까 염려가 되어
엄마, 아버지는 되도록 가까이하지 말라 하시지만
그래도 좋은 친구인데 난 그럴 수가 없다.

명구넨 늘상 죽으로 연명한다.
엄마 몰래 보리밥을 가져다주는 날엔
명구는 먹지 않고 언제나 동생들에게 준다.
글방에도 같이 다니고
4-H도 같이 하고……

명
구

2

글방엔 근엄한 훈장님이 계셔
잡담도, 흐트러진 자세도 해선 안 되고
오로지 글만 읽고 배워야 한다.

오늘도 조용히 글을 읽는데
이게 무슨 자냐?
명구의 물음에 보니 나도 모르는 한자이기에
'모르실 자'라고 대답을 해줬더니
훈장님의 물음에 모르실 자라 대답을 해
모두 배꼽을 잡고 웃었고
그 바람에 명구는 훈장님께
종아리를 몇 대 맞았다.
서당서 공부를 마치고 나면

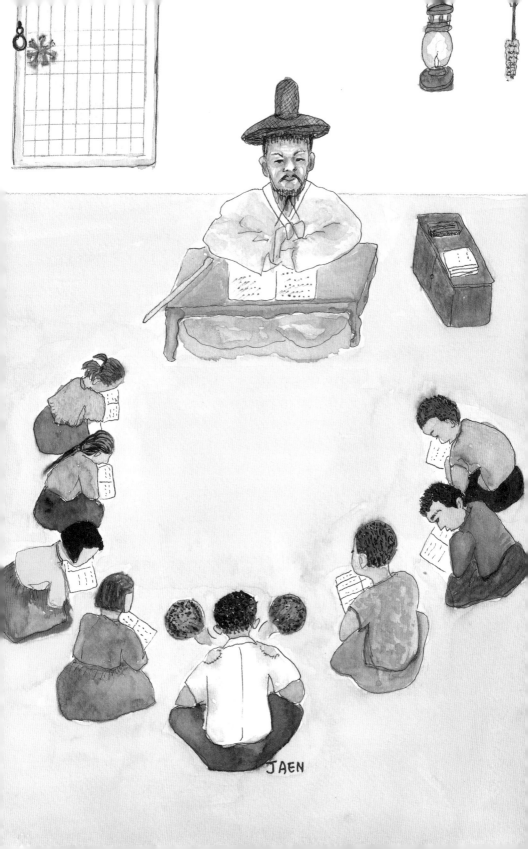

가끔은 서리에 나선다.
감자밭에 가 싹은 안 다치게 하고 감자알만 캐오는 데는
명구를 당할 사람이 없다.
모래 속에 묻고 그 위에 불을 지펴 한참을 기다려 꺼내면
노릇노릇 잘도 익어 맛이 참 좋다.

은자 아버지가 늘 지키는 참외밭에도
명구는 발가벗고 살금살금 기어가 잘도 따온다.

누릇누릇 밀이 익어가면
밀 이삭을 잘라 모닥불에 구워 손으로 비벼 먹는 구수한 맛.
명구는 재주도 참 좋다.

어느 날,
동네가 떠나가라 울부짖음에 달려가보니
극성맞다 소문난 동기 엄마가
명구 엄마의 머리채를 움켜잡고 쥐어박고 악을 쓴다.

"요년 자식 넷이 모두가 씨가 다른 년아,
씨 다른 자식 다섯 만들려 이 짓이냐?"
동기 아버지랑 자다가 들켜 초죽음을 당하고 있다.
그 후 내 친한 친구인 명구는 가족들과 함께 떠나버렸다.

친한 친구와 헤어짐에 가슴이 아려온다.

참 좋은 친구 명구,

언제나 만나려는지……

명구가 없음에 모든 게 재미가 없다.

살
구

오늘도 학교에서 돌아와

누렁이 풀 뜯기러 소를 몰고 나선다.

시키지 않아도 이젠 나의 몫이기에 으레 하는 일이 되었다.

외딴집 쪽으로 소를 몰아 풀을 뜯기다보니

누렇게 탐스레 잘 익은 살구 열매가 나를 유혹한다.

집 안을 슬쩍 살펴보니 아무도 안 보인다.

소 꼴비를 소 등에 얹어놓고는

살금살금 살구나무에 올라

잘 익은 살구 알을 따서 입에 넣으니

우와 맛 좋다.

몇 알을 조심조심 몰래 따서 먹다보니

위 방문 사이로 과부 아줌마가 끙끙대는 소리와 함께 보인다.

자세히 보니 어허, 최목수 아저씨랑

옷을 홀랑 벗고 열심히 방아를 찧고 있다.

호기심에 살구나무에 걸터앉아 구경을 하다보니

공연히 아랫도리가 뻐근해온다.

한참을 그러고 있으니 나무에 매달린 팔다리도 아파오고

잘못하면 들켜 혼구녕이 날 텐데……

길가에 풀 뜯어 먹으라 풀어논 소는

남의 옥수수 밭에 들어가 모조리 뜯어 먹고 있다.

큰일났다.

지금 내려가면 들킬 테고

그렇다고 남의 옥수수 다 뜯어 먹게 그냥 둘 수도 없고,

팔다리는 저려오고……

할 수 없지.

살금살금 나무를 타고 내려오는데

주머니 속에 잔뜩 따 넣은 살구알이 빠져나와 뜨락에 떨어졌다.

그 소리에 놀라 일을 치르던 최목수 아저씨 쫓아 나오니

붙잡히면 혼날 거 뻔하고 후다닥 뛰어내려 도망을 치는데

최목수 아저씨 뒤쫓아 달려와 나의 멱살을 움켜잡더니

"너 아무에게도 말하지 마" 하고
겁을 주며 돈 십 원을 준다.
겁에 질린 나는
절대 아무에게도 말하지 않기로 약속하고는
십 원을 받아들고 안심을 했다.

허어, 살구 몰래 따먹고도
혼도 안 나고 거기다 돈까지 얻었으니
오늘 횡재했다.

숨이 넘어갈 듯한 무더위 속에

한 길이 넘게 잘 자란 담배밭에서 누렇게 익은 잎만 골라 딴다.

시커멓고 끈적거리는 담뱃진은 온몸에 묻어

땀과 범벅이 되어 소름이 돋게 한다.

한 짐 가득 지게에 지고 물 건너 고개 넘어 나르는 길은

자그만 어깨가 으스러질 듯 힘에 겹다.

한 잎 한 잎 줄에 꼬아

건조실 가득 달대에 달아

석탄을 물에 개어 불을 붙여

누렇게 황변기를 거쳐

주야로 사흘 불을 때주면 누런 잎담배로 잘도 마른다.

내 이름으로 편지가 왔다.

배움에 목마른 이 모두 모여라.

일하며 배우자.

배워야 산다.

등록비도 수업료도 무료.

재건중학교장.

당장 달려가 등록을 했다.

여름방학이 시작된 날 입학을 했다.

중학교 진학을 못한 친구들도 몇 명 보이고

한두 해 선배부터 스무 살이 다 된 형들에

이십 리 길이 넘는 다른 학교 졸업생들까지 오십여 명이 모였다.

그중엔 여자도 다섯 명이 있다.

국민학교 교실 한 칸을 빌려 총각 선생님 두 분이 지도해주시며

교과서도 공책도 무료로 주고

오전엔 집에서 일하고 오후에만 수업을 한다.

열심히 하면 삼 년 과정을 이 년이면 마칠 수도 있다니

참으로 신이 났다.

교복도 필요 없고 꺼먹 고무신에 책만 들고 다니면 된다.

더욱 신이 나는 건 그 힘든 일을 오전에만 하는 것이다.

우리 동네서도 세 명이 같이 다니게 되었다.

여
자

동
창

두 분의 총각 선생님께서
너무나 열심히 잘 가르쳐주신다.

교장이신 김 선생님은
국어, 역사, 윤리를 맡아 지도해주시고
하 선생님은 영어와 수학, 과학을 지도해주신다.
하 선생님의 친구분이 가끔 오셔서 태권도도 가르쳐주시고
음악은 국민학교 여선생님께서 가끔 지도해주셨다.

교장 선생님께선
어려운 환경 속에서 용기 잃지 말고 열심히 하라며
늘 격려도 해주시고
미국의 대통령 에이브러햄 링컨의 삶을 언제나 이야기해주신다.

학생들도 무척 열심으로 배운다.
오전에 힘들게 농사일들을 하고 온 몸이기에
피로에 지쳐 꾸벅꾸벅 졸음을 쫓으며
모두가 열심으로 배운다.

여름철 긴 해가 서산에 지고
칠판에 글씨가 보이지 않을 때 수업은 끝이 난다.
십 리 길을 걸어서 집에 돌아오는 길은,
달이 없는 밤길은 너무나 어둡고 무섭기만 했다.

학교 가기 전 오전엔
언제나 개울가 풀밭에 소를 몰아다 매어놓고
소풀을 한 짐 베어다 작두로 쫑쫑 썰어놓고 가는 게 일이다.

오늘도 일찍이 보리밥으로 점심을 먹고
책보를 등에 가로 메고 학교로 달려간다.
계곡 사이를 휘감아 흐르는 개울물을 따라
오솔길이 있는 설래길에서
중학교 교복을 멋지게 차려입고 집으로 돌아오는
국민학교 동창 여자애들을 만났다
초라한 내 모습의 부끄러움에 큰일났다.

숨을 곳도 없고.
몰라보고 어서 지나가길 간절한 마음으로
돌아서서 있는데
윗동네 사는 비위 좋은 여자 동창애가
"야, 산골짝아 오랜만이다."
하며 알아보곤 인사를 한다.

부끄러워 아무 말도 못하고 그냥 도망을 치는데
"깔깔깔."
여러 명의 여자 동창애들의 웃음소리가
너무나 크게 들려온다.

참
새
구
이

하얀 눈이 며칠째 와
정강이까지 빠지도록 내렸다.
산골짜기가 온통 하얀 눈세상으로 변했다.
먹이를 찾지 못한 산짐승들
특히 노루가 동네까지 내려온다.

마을로 내려온 산짐승들은
절대로 잡아서는 안 된다는 어른들의 가르침에
눈에 푹푹 빠져 도망도 잘 가지 못하는
노루의 뒤를 따라다니며 즐거워들 한다.
먹이가 부족한 참새떼들이 소 여물광에 몰려 날아든다.
형아가 참새잡이를 하자 한다.

마당 한구석의 눈을 쓸어 치우고

바닥에 쌀겨를 싸래기랑 함께 뿌려놓고

삼태기를 엎고 그 위에 맷돌짝을 얹어 눌러서

작대기를 고이곤 그 작대기에 새끼줄을 달아

사랑방으로 늘어뜨려놓고

우리는 방에 숨어

문구멍을 뚫어놓고 밖을 쳐다보고 있으면

먹이를 찾아 날아든 참새

잽싸게 줄을 낚아채면

참새를 손쉽게 잡는다.

번번이 잡히면서도 참새들은 먹이를 찾아 날아들어 잘도 잡힌다.

잡은 참새는 털을 벗겨 싸리 가지에 꿰어

소죽 끓이는 아궁이 불에 소금을 뿌려 구워 먹으면 너무나 맛있다.

오늘은 많이도 잡았다.

형아, 동생들 둘러앉아서는 서로 먹겠다며 많이도 먹었다.

여자들은 머리 먹으면 그릇 깬다고 다리쪽만 주고

우린 통째로 다 먹어댄다.

얼마나 많이 먹었던지 정말 오랜만에 배가 불룩 나오도록

참새고기를 먹어댔다.

산골 마을의 짧은 겨울 해는 일찍도 넘어가 밤이 찾아왔다.

배가 살살 아파온다.

참새고기를 허겁지겁 서로 많이 먹으려고

급하게 먹어대서 체했나보다.

점점 더 아파온다.

명치 끝이 참을 수 없이 아파오매

배를 안고 대굴대굴 뒹굴며 엉엉 소리를 내며 울었다.

놀란 엄마, 아버지가 달려와선 배를 문질러주고

바늘로 따주었건만 아픔은 점점 더해와 더욱 울어댔다.

몸이 단 엄마가 동춘댁 아줌마를 불러오셨다.

나의 옷을 벗기더니

부엌칼을 들고 내 몸 주위를 찌르고 내리치며

뭐라 중얼중얼 소리 소리 치고는 밖으로 내달리더니

살구나무에 칼을 내리쳐놓고는

다시 발가벗은 나의 손을 잡아끌고는

눈이 정강이까지 빠지는 산길을 달려 성황당으로 간다.

배아픔은 어딜 가고

발가벗은 몸뚱아리가 꽁꽁 얼어 춥다 못해 아려온다

성황당 앞 무서운 장승 앞에 세워서는 수십 번 절을 시켜댄다.

추위에 꽁꽁 얼어버려 움직이지도 못할 쯤에서야
마치고는 집으로 돌아왔다.

이불 속에 들어가 몸이 녹으니 또 배가 아파왔으나
지옥보다도 더한 치료법이 무서워
아프단 말도 못하고 끙끙 참으며 밤을 지새웠다.

쏟	눈
아	이
지	
던	펑
	펑
날	

수업을 마치고 어둑한 교문을 나오는데
중학교 모자는 삐딱하게 쓰고 앞가슴은 풀어헤친
커다란 덩치들 댓 명이
껌을 질겅질겅 씹어대며 우리를 보고 따라오란다.

둥그나무 아래로 모아놓고는
"꿇어, 새꺄."
무서워 모두 무릎 꿇으니
나이 많고 덩치 큰 형들만 골라 패기 시작이다.
코피는 터져 흐르고
왜 그러느냐 물어도 무조건 발로 차고
주먹으로 쳐대고는 앞으로 형님이라 부르고 똑바로 하란다.

이튿날도 또 패고……
며칠을 그렇게 중학생 깡패들한테 두들겨 맞더니
나이 많은 형들이 학교를 그만두었다.
학생들이 이제는 반도 채 안 남았다.

몇 달이 지나자 교장 선생님인 김 선생님이
취직이 되어 서울로 가게 되었다며
열심히 배우라는 인사말을 남기고 훌쩍 떠나셨다.
하 선생님 혼자 모든 과목을 가르치시고
가끔 친구분이 오셔서 대신할 때가 있다.

형들이 그만두자 내가 실장이 되었고
선생님이 못 나오시는 날은 자습을 하였다.

1학년 과정이
반년 만에 거의 마무리 단계에 들어설 무렵
며칠을 자습하게 하시던 하 선생님도
쉘오일 회사에 취직이 되어 브루나이로 떠나게 되었다며……

눈이 펑펑 쏟아지는 날
재건중학교는 문을 닫고 말았다.
아쉬움에 눈물을 흘렸으나

반년 만에 나의 중학 교육은 끝이 나고 말았다.

행
상
집

학교에서 돌아오니

아버지가 약국 할아버지를 따라가

엄마 약을 지어주면 가져오라기에

개울 건너 바위 사이 낭떠러지도 지나고

좁다란 산길을 걷고 걸어서

이십 리 길을 뒤따라갔다.

천장에 봉지 봉지 매달아놓은

향긋한 약들을 꺼내 봉봉이 짓는 시간은

왜 그리 오래도 걸리는 건지

기다림에 지루해서 앞 도랑에 나와

돌 속의 커다란 가재도 잡고 송사리도 고무신으로 잡고 노는데

단발머리 이쁜 여자애가 언제 왔는지

앞에서 흙탕물을 내며 잡고 있다.

뛰어가 그 애 위 도랑에서 돌을 들춰 잡으니
어느새 그 애가 또 위로 가 흙탕물을 내고
번갈아 그러길 몇 번
안 되겠다 둘이 나란히 앉아 송사리도 가재도 함께 잡으며
조잘조잘 신나게 놀았다.
다 됐다 어서 오라 부르는 소리에
첩첩이 끈으로 묶은 약을 받아들고 되돌아오려니
벌써 뉘엿뉘엿 긴 여름 해가 서산에 걸쳐 있다.

좁다란 산골길을
뛰고 걷고 땀을 줄줄 흘리며 부지런히 가건만
얼마 안 가 사방이 어두워온다.
아직도 집에 가려면 멀기만 한데
벌써 어둠이 오니 무서워진다.

길옆 나무 사이에서 부스럭 소리만 들려와도
머리가 곤두서며 등줄기에 식은땀이 흐른다.
죽어라 내달려 오다보니 이제는 아는 길에 접어들었다.

저 모퉁이 돌아서면 행상집이 나오는데

그 앞을 어떻게 가야 하나
벌써부터 걱정이 앞선다.
조심조심 모퉁이를
돌아서 보니
깜깜한 어둠만이 널려 있고 사방이
너무나 조용하다.

겁에 잔뜩 질려 발소리도 죽여가며
살금살금 행상집 앞을 지나는데
삐거덕하는 소리와 함께 행상집 문이 열린다.
앙 울어대며 도망을 쳐댄다.

죽어라 뛰어가다 앞을 보니
이번엔 불빛이 반짝거리며 나에게로 다가오고 있다.
억, 소릴 내며 뒤로 물러서는데
"산골짝이니?"
하는 아버지의 음성.
너무나 반가움에 난 그만 펄썩 주저앉아 울고 말았다.

정신을 차리고 살펴보니
바짓가랭이는 축축이 젖어 있고
고무신도 없어지고 약봉지도 반은 도망을 갔다.

잃어버린 약봉지랑 신발을 찾으러

온 길을 되돌아가보니 행상집은 조용하기만 하고

그 앞에 약봉지가 널려 있고 고무신짝도 나뒹굴고 있었다.

영
숙
이

그나마 다니던 재건중학교도 문을 닫고 나니
교복을 잘 차려입고 아침 일찍 학교 가는 친구들이
더욱더 부러워진다.

겨울로 접어드니 농사일은 없고
형들을 따라 지게 지고 나무해오는 게 일이다.
형들은 낫질을 잘해 거뜬히 한 짐을 해서 지고 산을 내려가는데
나는 서툴러 매일 꼴찌다.
나뭇짐은 한쪽으로 기울기 일쑤고
무거운 소나무 가지를 하다보니 힘만 든다.
매일같이 두 짐씩 해서 쌓은 나뭇더미가 집채만큼 커졌다.

유일한 낙은

과제를 쓰기 위해 받은 토끼들이 이쁘게 잘 자라는 것이다.
그동안 토끼는 잘 자라
새끼도 여섯 마리나 낳아 여덟 마리로 불어났다.

농촌지도소 4-H 경진대회에
그동안 써온 토끼 과제물을 출품해 장려상도 받았다.
재건중학교 같이 다니던 영숙이도
자수를 출품해 나랑 같이 장려상을 받았다.

이곳에서 다시 영숙이를 보니 무척 반가웠다.
얼굴도 예쁘고 영어를 무척 잘해 인기가 제일 많던 애였다.

행여나 눈이라도 마주치면
가슴이 울렁이고 얼굴이 빨개지곤 하였다.
이십 리 길을 걸어다니고
나랑은 정반대 방향의 그 동네 애들과 늘 어울리는 바람에
한 번도 밖에서 만나본 적이 없었다.

영숙이한테 어떡하면 잘 보일까 고민을 하다
입고 다니던 바지를 누나에게 부탁해
맘보바지로 줄여 입고도 가고
어쩌다 형이 안 신고 간 운동화도 신고 가곤 했었다.

학교가 문을 닫은 후 이곳서 처음 만나니 무척 반갑다.
점심으로 받은 빵을 건네주니
얼떨결에 받아들고는 웃어준다.
날아갈 듯 기쁘다.

집으로 돌아오는 길에
문방구에 들러 하늘색 물이 든 편지지를 사서
호롱불 밑에 엎드려 고민고민 머리를 쥐어짜가며 편지를 썼다.
이튿날 학교 가는 동생 손에 쥐여주며
영숙이에게 부쳐달라 보냈다.

영
숙
이

2

우체부가 오면

행여 영숙이 편지 또 있나 달려가보고

고운 글로 곱게 써내려간 편지.

읽고 또 읽고……

좋아한다는 대목엔

가슴이 떨려오고

마음이 들떠 하늘을 날 것만 같다.

내 한 번 보내면 두세 통은 보내주어 늘 신이 난다.

농촌지도소에서

회원들 상대로 교육이 있는 날

행여 영숙이도 나왔으려나 두리번거리며 찾아보느라

155

강사의 말은 들리지도 않고
저편에 앉아 나를 보고 살며시 들어주는 손.
아, 신이 난다.

둘은 몰래 교육장을 빠져나와
장터 짜장면을 시켜놓고 좋아라 그저 바라만 본다.
두근두근 가슴은 콩닥거리고
얼굴은 달아올라 붉게 물들고……

엄마 속여 용돈 조금 받아들고는
만나자고 편지하여 호떡집도 가고
만나면 싱글벙글 너무나 좋고
헤어짐에 아쉬워 뒤돌아 보길 몇 번.

하얀 눈이 사르르 녹아 흐르는 날,
서울로 식모살이 떠난다고 편지가 왔다.
하늘이 돈다.
땅이 돈다.
눈물이 나도록 슬퍼온다.
담배 두엄 지어 나르는 어깨가 더욱 무겁다.

학교를 파하고 돌아오는 길에

나보다 한 학년 높은 외사촌 형을 만났다.

함께 가자 하는 외사촌 형의 말에 오늘도 또 외가를 향해 갔다.

외가도 학교서 십 리 길이다.

외가에 가면 언제나 반기시는 외할머니가 계시고

늘 자상히 대해주시는 외삼촌, 외숙모님이 계시기에

늘상 가고만 싶다.

오늘도 외가 사립문에 들어서자

지팡이를 짚고 마당을 거니시던 외할머니께서

어서 와 하시며 반기신다.

외숙모님께서 보리밥을

한 사발 가득히 눌러 담아 상을 차려주셔서

외사촌 형과 맛있게 밥을 먹고 있는데

외할머니께서 내 옆에 앉으셔서 머리를 쓸어주시며
밥은 굶지 않느냐
엄마는 잘 있느냐며 많은 것을 물으신다.
학교에서 땡을 하다 뜯어진 바짓가랭이도 벗겨서 꿰매주시고
머리에 이곳저곳 부스럼 난 곳에
딱딱한 고약을 불에 녹여 붙여주신다.

밥을 다 먹고 나자 외삼촌께서 종다래끼에
눈알이 빨갛고 하얀 이쁜 토끼 새끼 한 마리를 넣어서
집에서 궁금해하고 기다리시니
해가 넘어가기 전에 어서 가라며 들려주신다.
이쁜 토끼 얻은 기쁨에 하늘을 날 것만 같다.

집에 오는 길은 높은 산 아래 계곡을 따라
좁다랗고 험한 길이 십 리다.
대낮에도 혼자 오기엔 무서워 늘 두려운 길이었으나
오늘은 이쁜 토끼가 생긴 마음에 무서움도 지루함도 없이
신나게 노래를 부르며 달려 넘어왔다.
오는 길에 토끼가 잘 먹는 칡넝쿨 잎새도 한 아름 뜯었다.

햇볕이 잘 드는 사랑방 앞에 사과 궤짝을 구해
돌을 고여놓고 이쁜 토끼 방을 만들어주고는
여동생들과 함께 머리를 짜내어 이름을 짓기로 했다.

하얀 털에 너무나 이쁘니
이쁜이라고 지어주자는 바로 밑 여동생의 말에
달리 생각도 안 떠올라 그렇게 하자 하고는
널판지를 구해 빨간 크레용으로
이쁜이집이라고 토끼집 앞에 써 붙였다.

매일같이 학교 갔다 오는 길엔
토끼가 좋아하는 풀을 골라서 뜯어다주고
똥도 치워주며 이쁜이가 나날이 잘 크는 즐거움에 푹 빠졌다.

몇 달이 지나자 이젠 커다란 어미 토끼만치나 자랐다.
머지않아 새끼도 낳고
그럼 많은 토끼가 생기겠지 하는 기대감에 신이 절로 났다.

오늘도 학교 다녀오는 길에 이쁜이 먹이를 뜯어
집에 오자마자 토끼집으로 달려갔다.
언제나 커다란 두 귀를 쫑긋거리며
빨간 눈알로 바라보며 반겨주던 이쁜이가 보이질 않는다.

가슴이 덜컹 내려앉는다.

어찌 된 건가?
부엌에 계시는 엄마에게 달려가 이쁜이가 없다고 말을 하자
고개를 푹 숙이신 엄마가
아랫집 개가 와서 물어 죽였다고 말하신다.
난 그만 풀썩 주저앉아 엉엉 목놓아 울었다.

너무나 화가 나 도저히 물어 죽인 개를 가만둘 수가 없다
엉엉 울며 작대기를 손에 들고 그 개를 찾아나서니
엄마가 달려나와 붙잡으며 못 가게 말리신다.
"안 돼유. 그놈 내 용서 못해유.
꼭 두들겨 패서 이쁜이 원수를 갚을 거유."
하며 발버둥을 쳤으나 엄마의 말림에 영영 가질 못했다.

이쁜이의 죽음에 화가 나
저녁도 안 먹고 울다 그냥 쓰러져 잠이 들었다.
잠을 자다 오줌이 마려워 밖에 나오니
안방에 희미한 등잔 불빛이 문살을 비추고
두런두런 엄마 아버지의 이야기 소리가 들려온다.

"저 애가 그렇게 이뻐하는 걸."

아무리 약 할려 했어도 잘못이라는 아버지의 말.

그래도 당신이 이거라도 먹고

힘을 내야 우리가 잘 살 거 아니냐는 엄마의 말도……

기운이 없다며 자주 누우시던 아버지의 약으로

이쁜이를 잡은 걸 알고 나서는

난 그만 또 눈물을 흘리며 밤을 지새우고

그 이튿날 학교를 파하곤 외가를 향해 갔다.

엄마가 아버지 약하느라

이쁜 토끼를 잡았다는 말을 하니

외삼촌께서 이쁜 토끼 새끼 두 마리를 들려주셨다.

영숙이 편지

어제도 오늘도 고대하고 기다리건만
서울 간 영숙인 소식이 없다.
우체부 모습만 보이면 달려가
편지 왔나 물어를 봐도 소식은 없고……

한 달이 훨씬 지난 후,
보리싹이 파랗게 자라날 즘에
눈 빠지게 기다리던 편지가 왔다.
죽었던 사람이 다시 살아온 양
기쁨에 어쩔 줄 몰라 펄쩍거렸다.

서울 삼청동 고등학교 선생님 집에
식모로 있으며 강의록을 사주셔서 혼자 공부도 한단다.

아,

그런 것도 있구나.

기쁨에 펄쩍이고

좋은 소식에 더욱 신이 난다.

참 서울이 좋은 곳이구나.

서울 가면 공부도 할 수 있는 천국이구나.

이 힘든 지게질도 농사일도 안 해도 되고.

그래, 나도 가자.

나도 서울 가 공부도 하고 영숙이도 보고······

가슴이 두근거린다.

때마침 한동네 아랫집에 살던 형이 왔다.

얼굴은 하얗고 움직일 적마다

번쩍번쩍 두 가지 빛이 나는 바지도 입고

이 세상에서 제일 멋진 서울 사는 형이 왔다.

밤중에 몰래 찾아가 나도 데려가달라 부탁을 하니

아직 어려서 안 된단다.

또한 무척 힘이 든다고도 하고.

칫,

안 데리고 가려고 거짓말이다.

뭐가 힘들어.

저렇게 좋은 옷에 얼굴도 좋기만 하면서.

누가 모를 줄 알고.

어쨌든 내일 형이 갈 때

나도 따라갈 거라 마음을 먹고 돌아왔다.

누나 돈 숨겨논 걸 훔쳤다.

형아 수학여행 갈 때 산 가방도 몰래 꺼내어

옷 몇 가지 챙겨서 헛간 볏짚 속에 감추어놓고

방에 들어와 편지를 써서 자리 밑에 살짝 보이게 넣어두었다.

아버지, 어머니 죄송합니다.

서울 가 공부도 하고

아랫집 형같이 멋지게 출세해서 돌아오겠습니다.

누나, 돈 벌어서 이 돈 꼭 갚을게.

잠이 안 온다.

이 밤이 빨리 가야 서울을 가는데……

서울행

꼬끼오,

새벽닭이 드디어 운다.

한숨도 못 자고 긴긴밤 뒤척이다가

살며시 일어나 세수하고 가방을 찾아 들고

몰래 서울행 길을 나서는데

눈치 없는 흰둥이 녀석 꼬리 쫄랑대며 자꾸만 따라온다.

개울물 나무다리에서 꼭 안아주며 잘 있으라 작별을 하니

눈물이 난다.

지긋지긋 힘든 지게질도

농사일도 이젠 안녕이구나.

서울 가 공부도 많이 하고 돈도 많이 벌어

꼭 출세해서 돌아오리라.

누나야, 동생들아 모두 잘들 있거라.

흰둥이 녀석 돌을 던져 돌려보내곤
아직은 어두운 새벽길을 달려
장터 버스주차장에서 서울 형이 나오길 기다렸다.
날이 밝고 해가 떠올라
서울 가는 버스가 출발하는데도
형아가 오지를 않는다.

안절부절못해 주차장 밖을 들락날락하길 수십 번.
분명 오늘 간다고 했는데
어쩐 일일까.

서울 형 오기만을 넋을 놓고 기다리는데
뒤에서 손을 꽉 움켜잡는 이.
돌아보니, 아 어찌된 건가.
화가 잔뜩 난 엄마.
잡아끄는 엄마의 손을 뿌리치고 달아나보니
아뿔싸, 가방을 엄마가 들고 집으로 향하신다.

돈도 모두가 그 속에 있는데……
울며 뛰어가 달라고 매달리건만

그저 말없이 가방을 들고 집을 향해 뛰어만 간다.

붙잡혀 집에 오니 서럽기만 하다.
악을 쓰며 울어댄다.
서울 가 공부하고 출세하려는데 왜 못 가게 하느냐.
내가 머슴이냐.
부지깽이를 휘두르는 엄마의 손목을 잡고 대들었다.
더욱더 악이 받쳐오른다.

그래, 차라리 죽자!
평생을 지게질로 살 바엔 죽는 게 낫겠다.
광 구석의 양잿물을 찾아 들고 나오는데
누나가 비명을 지르며 가로챈다.

목을 매자!
튼튼한 담뱃줄을 찾아
건조실로 가 줄을 매고 목을 거는데
엄마가 뛰어들어와 낫으로 잘라버린다.

깊은 개울로 달렸다.
아버지가 뛰어오고 엄마도 누나도 뛰어온다.
억센 아버지의 손에 잡혀 집에 끌려와

지게 작대기로 두들겨 맞는데

그래 맞아 죽자!
때리라고 버티고 섰다.
누나가 잡아끌며 막아서는데도
더 때리라 대들었다.

농
사
꾼
이

되
어

다
시

안방에서 밥 먹으라 불러대지만

누워서 들은 체도 안 한다.

아버지는 연신

아, 못된 놈, 고약한 놈, 독한 놈이라 하며 혀를 차댄다.

온몸에 피멍이 퍼렇다.

많이도 맞았는데 죽지는 않고 이렇게 살아 있다.

어지럽다.

구토가 난다.

기운도 없고……

오늘이 사흘째,

아무것도 먹지 않고 고집을 부리고 있다.

누나가 몰래 밥을 가져와 먹으라 권하건만
굶어 죽겠다며 먹질 않았다.
이제 조금만 더 참으면 죽을 테지.

누가 부른다.
야단을 친다.
눈을 떴다.
상투를 튼 글방 선생님이 보인다.
벌떡 일어나 앉았다.

"이놈! 이게 무슨 불효냐?"
긴 담뱃대로 머리를 내
려치며 호령이시다.
"내 너에게 이렇게
가르쳤냐?"
아무 말도 못하고 무릎을 꿇고 있으니
대답해라 하시며 불호령이다.
"아, 아닙니다."
"그럼 냉큼 일어나 세수하고 글방으
로 오너라."
하시곤 일어나 가신다.

훈장님의 호통에 세수하고 어지러운 몸으로 글방에 가니
사모님이 밥상을 차려오셔서 먹으란다.
머뭇거리는 나를 보시더니
재떨이에 담뱃대를 땅땅 치신다.
겁이 나 수저를 들고 밥을 먹었다.

밥상을 물린 후 책상 앞에 무릎을 꿇고
몇 시간의 긴 훈장님 훈계 말씀을 듣고서
잘못했다 빌고 집으로 왔다.

이튿날부터 말없이 아버지를 따라
담배 온상 준비며, 담배에 쓸 두엄도 지어 나르고
다시 농사꾼이 되어 일만 해댄다.

서울행 2

봉답논 비가 안 와 모를 못 내니

담배쌈지 꺼내들고 연신 말아서

하얀 연기와 함께 토해내는 아버지의 한숨.

오늘도 집 안이 무겁기만 하니

나 역시 기죽어 있는데……

나의 유일한 즐거움인 영숙이한테서 또 편지가 왔다.

까만 얼굴도 이제는 하얗게 이뻐졌고

짬짬이 강의록으로 공부도 열심히 한단다.

그래, 가야 돼.

가야만이 공부도 하고 출세도 하고

또 영숙이도 만날 수 있고.

잠잠한 내 가슴에 서울행 도망의 꿈 불을 지른다.

다시 난질갈 준비를 한다.
서울 형 주소는 잘 가지고 있고
돈이 문제다.
언제 도망갈지 모른다고 누나도 엄마도
꼭꼭 감춰놓아 훔치지도 못한다.
광 속 깊이 형아 학비 한다고 간직하고 있는 참깨단지에서
비료부대에 거의 차게 참깨를 훔쳐서
나뭇단 속에 감춰두었다.
이만하면 차비는 될 테지.

지난번 난질의 실패 원인은 그놈의 편지니 이번엔 쓰지 말자.
가방은 어디다 감췄는지 아무리 찾아도 없다.
옷 몇 가지 보자기에 싸서
나뭇단 밑에 같이 감춰놓으니
모두 끝났다.

오늘도 잠이 안 온다.
눈 감으면 코 베간다는 서울인데
난생처음 찾아가는 길 잘 갈 수 있으려나.
청주 가서 기차를 타고 서울역서 내려
택시 타고 마포 공덕동 굴다리 밑이라 했지.
머릿속에 달달 외워댔다.

오늘 밤은 왜 이리 길기만 한지.
닭이 깊은 잠에 빠져 울질 못하나.

드디어 첫닭이 운다.
살며시 빠져나와 나뭇단 속의 참깨자루를 둘러메는데
아뿔싸,
밤사이 쥐란 놈들이 구멍을 뚫어 줄줄 샌다.
비료부대를 찾으러 헛간으로 가는데
아버지가 나오신다.

"웬일로 이렇게 일찍 일어났니?"
묻는 아버지의 말에
뒷간으로 발을 돌리며
"똥 누러유."
에구, 마당에서 서성이기만 하곤 들어가시질 않는다.
오늘도 또 틀렸나보다.
나뭇단 속에 보따리를 다시 꼭 숨겨놓고
방으로 들어왔다.

서
울
행

3

오늘도 난질에 실패하고

아버지 뒤를 따라 담배 옆순 따기 작업을 한다.

일이 손에 잡히질 않는다.

오후가 되니 먹구름이 몰려와 비가 쏟아진다.

모를 낼 수 있게 잘 온다고 신이 나신 아버지.

큰일났다.

나뭇단 속에 감춰둔 참깨랑 옷보따리

비에 젖음 안 되는데……

집에 달려오니

아, 이 일을 또 어쩌나.

마루에 올려져 있는 내 옷보따리와 참깨자루.

비가 오니 땔나무가 젖기 전에 부엌에 날라놓다가

엄마가 발견해 옮겨놓았다.

"아직도 못된 꿈을 못 버리고 또 도망가려 하느냐?"
찢어지는 엄마의 고함과 함께 부지깽이 세례가 이어진다.
매를 피해 달아나 굴뚝 뒤로 숨었다.

비는 억수같이 쏟아진다.
봉답논에 물이 다 들었다며 모내기 준비에 바쁘신 아버지.
소를 몰고 쟁기로 논을 갈아 가래질을 하는데
나도 나가 같이 하니
야단도 안 맞고 그냥 넘어갔다.

모내기도 마치고 나니
개울에 칡 공장이 들어섰다.
칡넝쿨을 커다란 솥에 삶아서 껍질을 벗겨
하얀 속껍질을 뽑아내 공장으로 보낸단다.
동네 아저씨들은 산에 가 칡넝쿨을 잘라다 저울로 달아 판다.

'그래, 나도 칡넝쿨 잘라다 팔아 차비를 마련해야지.'
산을 뒤지며 칡넝쿨을 말아 지게에 져다 파니
아저씨들 일할 값밖에 안 된다.
이래선 언제 차비를 마련하나?

옳지.
이튿날은 개울물까지만 지게로 져서 옮기고
물로 잡아 끌어오니 힘도 덜 들고
아저씨들만큼 많이 해와 돈도 많이 받았다.
온몸은 풀에 스치고 베여
독이 올라 상처투성이가 되었지만 신이 난다.

일주일 동안 매일 칡넝쿨을 잘라다 파니
서울 갈 차비 하고도 조금 여유가 있다.

내일부턴 담뱃잎을 뜯어야 된다며
건조실 수리에 분주하신 아버지.
나는 다시 서울로 도망갈 준비를 모두 마치고
태연히 아버지 일을 도와드렸다.

서
울

1

모두가 잠이 들어 고요하기만 한 밤.

살며시 방문을 열고 나와

보릿짚더미 속에 감춰논 옷 가방을 들고 장터로 향한다.

달도 없이 캄캄한 밤길이 무섭긴 하지만

그래도 서울 갈 꿈에 부풀어

개울 건너 좁다란 오솔길을 따라 달려갔다.

장터 주차장에 도착하니 아직도 한밤중.

이곳서 잘못하면 또 붙잡힐 테니

30리 길 더 걸어

미원으로 가자.

신작로 길을 따라 뛰다 걷다

이마에 땀이 촉촉이 흐른다.

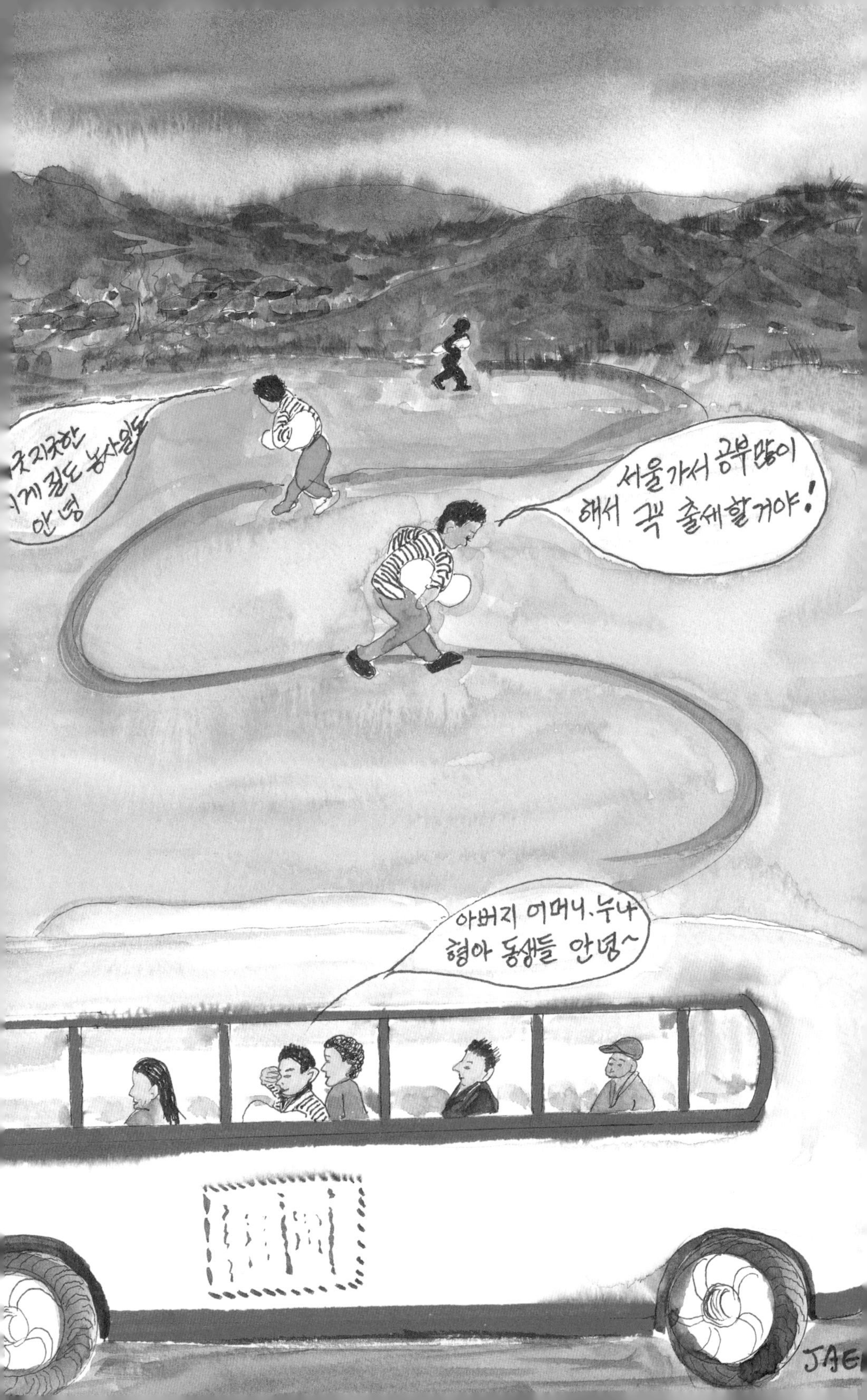
굿지긋한
게 질도 농사일도
안녕
서울가서 공부많이
해서 꼭 출세할거야!
아버지 어머니, 누나
형아 동생들 안녕~
JAE

미원 장터에 오니 어둠이 서서히 걷혀온다.
아무도 없는 대합실에서 얼마를 기다리니
청주행 첫차가 온다.

차에 올라 출발을 하니 이젠 맘이 놓인다.
이젠 서울 가는구나.
꼭 출세하고 말 거다.
공부도 많이 하고……

동생들 얼굴이 떠오른다.
형아도, 누나도, 엄마 아버지의 화난 모습도
이젠 모두 안녕이다.
지긋지긋한 지게질도, 농사일도 모두 안녕.
촉촉이 볼을 타고 흐르는 눈물.

옆자리의 아줌마가 자꾸만 바라본다.
손등으로 흐르는 눈물을 닦으며 안 운 척해본다.
차멀미에 어지럽기는 했지만
무사히 청주에 다다라
기차를 타고 서울역에 도착했다.

눈이 돈다.

저 많은 자동차들, 높은 건물들, 수많은 사람들.

아, 서울 참 좋구나.

신이 난다.

가슴이 뛴다.

으리으리하고 대단한,

낯설은 경치에 정신이 없다.

난생처음 본 서울은 너무나 화려하기만 하다.

드디어, 초라한 촌놈이 서울에 도착을 했다.

택시기사 아저씨에게 주소를 주며 태워다달라 하니
아래위 내 초라한 몰골을 훑어보고선
택시비는 있느냐 확인 후에
마포 공덕동 굴다리 밑까지 태워다줬다.

이 사람 저 사람에게 물어 물어
알미늄 공장을 찾아가는 길엔
화려한 서울의 모습은 간 곳이 없고
판자로 얼기설기 지은 집들과 꼬불꼬불 이어지는 골목길은
질척이는 흙길로
고향의 촌길만도 못하다.

긴긴 여름날의 해가 지고

어둠이 내리기 시작할 때쯤에야
간신히 알미늄 공장을 찾아갔다.

허름한 문을 열고 들어서니
코를 찌를 듯한 독한 냄새가 풍겨나오고
기계 앞에 쭈그리고 앉아 움직이는 건 분명 사람 같은데
머리끝에서 발끝까지 온통 은빛이고
두 눈망울만 깜박이고 있다.
고막이 찢어질 듯한 소음 속에 들어선 나를
아무도 바라보지 않고
그저 기계들처럼 그릇 같은 모양들을
돌아가는 기계에 대고 반짝반짝 광을 내고 있다.

옆방에서
쟁반에 멋진 꽃그림을 찍고 있는 누나들이 보여
그곳으로 가 서울 형의 이름을 대고 물으니
이곳을 그만둔 지 한 달이 지났다 한다.

아, 오로지 형만을 믿고 서울 땅에 왔는데……
눈앞이 캄캄해온다.
그냥 주저앉고 말았다.
아는 이 아무도 없는 이 땅에서

앞으로 어찌해야 된단 말인가.

알미늄 공장 담 밑에 쭈그리고 앉아 눈물만 흘리고 있다.
그러고 보니 오늘은 아무것도 먹은 게 없다.
배고픔은 모르겠는데 힘이 없다.

쭈그리고 앉아
깜박 잠이 들었는데 누가 깨운다.
"너 아직도 안 가고 여기 있느냐?"
묻는 누나.
갈 곳도, 아는 이도 아무도 없단 말을 듣고는
나를 데리고 가
공장 바닥에 누워 자라며 박스를 펴주었다.

찢어지는 소음에 놀라 일어나보니
밖은 아직도 어두운 새벽인데 벌써들 나와 일을 시작들 한다.
누나의 배려로 아침도 얻어먹고
그 누나 일하는 옆에서
쟁반도 날라다주고 집어도 주며
하루를 또 보냈다.

서
울

3

밤 10시까지 일을 하고는
나의 일자리를 알아보려고 누나는 이곳저곳 전화를 해댄다.
모두가 어려서 안 된다는 말들.

하긴 청년들도 넘쳐나는 판에
어린 나를 써줄 곳이 있을 리 없다.
틈만 나면 다시 고향으로 돌아가라는 누나의 말에
나는 죽어도 갈 수 없다 버티고……

그렇게 며칠을 잔심부름만 해주고 지내다
드디어 취직이 됐다.
우선은 먹고 자고만 하고 월급은 없다.
그래도 신이 나 펄쩍 뛰었다.

어느 아저씨를 따라간 곳은
마포 도화동에 있는 스텐레스 식기 광을 내는 공장.
공장 안으로 들어서자
후끈한 열기에 숨이 막힐 것만 같고
눈을 뜨기가 힘들 정도로 나는 먼지.
금방이라도 고막이 터질 것 같은 소음.

피대줄이 복잡하게 걸려 돌아가는 기계 앞엔
20여 명의 새카만 사람들이 비 오듯 땀을 흘리며
정신없이 움직이고 있다.

내가 하는 일은 한쪽 구석에서
식기에 시커멓게 묻어 있는 왁스 칠을
경유에 담구었다 꺼내서
톱밥으로 문질러 닦는 것과
일하는 형들의 잔심부름이다.

꼬마야.
내 이름은 없고 나는 꼬마가 됐다.
물 떠와라, 뭐 가져와라 정신이 없다.
그릇을 닦는 일이 조금이라도 달리면
느닷없는 발길질과 함께 싸대기를 올려붙여댄다.

형들은 하루에 몇백 개의 식기를 기본으로 광내고
그 외에 더 하는 것만이 수익이기에
자정까지 하는 것이 보통이고
어쩌다 전기가 나가 일을 못한 날은 밤샘도 한다.

공장 안엔 샘도 없어
길 건너 가정집 마당 펌프 물을 퍼다 사용한다.
커다란 물통에 물을 가득히 들어 나르는 일도
나랑 나보다 두 살 더 많은 다른 꼬마의 몫이다.
일을 마치면 이 물로 샤워를 하는데
다 씻을 때까지 정신없이
양동이로 들어 날라야 된다.

모두가 집을 찾아 돌아가고
다섯 명이 조그만 방에서 잠을 자는데
옆으로 누워야만 다 누울 수가 있다.
사방이 꽉 막혀 바람 한 점 없고
윙윙 소리가 요란한 고물 선풍기 덕으로
고달픔에 금방 꿈나라로 떠난다.

아침 5시면 일어나
아주머니가 이고 온 보리밥을 먹고

밤 12시까지 고단한 일은
하루도 쉬지 않고 이어진다.

서
울

4

해가 뜨는지 지는지도 모르고
정신없이 일만 하는 기계가 됐다.
맨손으로 경유에 손을 담그자 허물이 벗겨지기 시작하더니
이제는 부르터 손이 상처투성이가 되어 몹시 아프다.
공장장님께 손이 아프다 말을 했더니
두 살 더 많은 큰꼬마와 일을 바꾸어준다.

이젠 광을 낸 뜨거운 그릇들을 날라다가
먼지가 풍풍 나는 하얀 약을 칠해 스펀지로 닦아내는 일이다.
양손에 수북이 앞가슴에 기대어 나르기 때문에
두꺼운 옷을 두 겹 껴입고 면장갑도 세 겹을 껴야 한다.
발가벗고 있어도 땀이 줄줄 흘러대는데
옷을 두껍게 껴입고 일을 해대니

물속에 들어갔다 나온 것 같다.

이곳서 일하는 형들을 빠우시라 부른다.

모두가 깡패나 같은 사람들이다.

말과 행동이 무척 사납다.

사장님은 마포서 알아주는 깡패란다.

사장님이 오시면 모두가 뛰쳐나와 코가 땅에 닿도록 인사를 한다.

오늘은 아침부터 전기가 나가

주변 구경이나 하려고 밖에 나왔다.

큰꼬마가 앞장서 구경을 시켜준다.

공장 앞엔 커다란 제재소가 있고 뒤에는 시영버스 주차장이 있었다.

큰길 건너엔 우리나라에서 처음인 마포아파트가 멋지게 들어서 있다.

이곳에선 영화 촬영도 많이 한다고 한다.

한참을 내려가니 한강이 흐르는데

군인 아저씨들이 다리 공사에 분주하다.

다시 시내 쪽엔 마포극장이 있고

그 뒤엔 경보극장이 있는데 두 프로씩 상영한다.

마포극장 앞 도로 가운데론 아현동까지 전차가 다닌다.

다른 곳은 다 철거했는데 이곳만 유일하게 남아 있다 한다.

서울 온 지 한 달 만에 주위 구경을 처음 했다.
그날 밤도 작업량 채우느라 밤을 새워 일을 해야 했다.

이젠 집 생각이 간절하다.
그렇게 무섭던 엄마도 아버지도 그리워지고
언제나 잘해주던 누나, 형아, 동생들.
일을 마치고 잠자리에 들면 더욱 그리워 나도 몰래 눈물이 흐른다.
오늘은 형들에게 편지지랑 봉투를 얻어
집에 편지를 써서 주소 없이 부쳤다.

아, 이게 뭐냐.
잠자는 시간 빼곤 죽어라 일을 하건만
월급은 한 푼도 없고 매일같이 두들겨 맞기만 하니
서울 와 공부하고 출세하려 했는데……
또 영숙이는 언제나 만나려나.

자꾸만 한심해진다.
하지만 아무런 대책 없이
기계처럼 매일매일 일만 해댈 뿐이다.
고향의 지게질보다도 더욱 힘이 든다.

일
기

1968년 7월 19일

앞집으로 물을 뜨러 갔다.

샘 옆집 방 안이 보인다.

온 가족이 둘러앉아 아침 식사하는 정겨운 모습.

내 또래 여학생이 교복을 입고 그만 먹는다 숟갈을 놓자

더 먹으라 권하는 엄마의 모습.

부러움에 나도 몰래 눈물이 난다.

난 언제 교복을 입고 공부를 해보나.

내 가족 언제나 둘러앉아 밥 먹어보나.

멍하니 그저 바라보는데

여학생 애 날 보고

"거지 같은 놈아 왜 쳐다보니?"

인상을 쓰며 소릴 쳐댄다.

아, 난 거지다.

물 늦게 떠왔다고 귀싸대기를 한 대 맞았다.

1968년 7월 22일

엄마가 보고 싶다.

아버지도, 누나도, 형도, 동생들도……

눈물이 흐르며 잠이 안 온다.

기계 옆에 쭈그리고 앉아 편지를 썼다.

누나야,

그동안 잘 있었어?

엄마도, 아버지도, 형아 동생들도?

나 스텐 공장에 취직해서 잘 지내고 있어.

형아들이 잘해주고 월급도 받고

나 돈 많이 벌어서 꼭 공부할 거야.

나 걱정하지 말고 흰둥이 밥 잘 줘.

주소는 아버지 찾아올까봐 안 적을게.

편지를 쓰다가 몇 번을 울었다.

1968년 7월 29일

일기장이 없어졌다.
지난번 가방도, 옷도,
얼마 남지 않은 돈도 모두 잃어버렸는데
일기장마저 잃어버렸다.
남에겐 소용없는 건데 참 이상하다.

공장장님이 부르신다.
달려가보니 내 일기장을 손에 들고 눈물을 흘리고 계신다.
얼싸안아주며
"너, 참 대단한 놈이구나.
나도 가난에 한이 맺힌 놈이란다.
다음 달부터 천 원씩 월급 줄게."

햐, 무지하게 신이 난다.
펄쩍펄쩍 뛰었다.
일기장을 훔쳐 읽은 공장장님 덕에
그 후론 매도 안 맞고
무척 잘해준다.

그
리
움

공장생활에 조금은 적응이 되고
그리운 영숙이한테 편지를 보냈는데
오늘은 행여 연락이 왔나 이제나저제나 기다리는데
그리운 영숙인 소식이 없고
내가 보낸 편지만 되돌아왔다.

그날 밤 다시 편지를 써서
주소도 또박또박 적어 보냈는데
며칠 후, 이사 갔다며 또 되돌아온다.
힘이 쭉 빠진다.

그리운 영숙이도 만나기 위해
이 서울 땅 부모 몰래 도망왔는데

같은 서울 하늘 밑에서 만날 수가 없다니
참 야속하고 그리움만 더욱 커간다.

무더운 여름도 어느덧 지나고
초가을이 성큼 다가왔다.
머잖아 추석도 다가오고.

어찌해야 되나.
집이 그리워 당장이라도 달려가고픈데
행여 아버지가 못 오게 하면 어떻게 하나.

서울생활 힘든 것은 집보다도 더하지만
그래도 내 손으로 돈 벌어
공부해야겠다는 희망만큼은 전혀 변함이 없는데
밤마다 부모 형제 그리워 눈물 흘리면서도
그 꿈만은 조금도 변함이 없는데……

매월 월급도 받아
집에 다녀올 차비도 되는데
집에 가면 영숙이 주소도 알 수 있을 테고.
아, 어찌해야 좋을까.

귀
향

이제 사흘 후면 추석.

오늘부터 공장은 쉰다.

모두가 고향 간다고 들떠서

시장에 가 옷들도 사고 선물들도 사온다.

나도 더욱더 가고 싶다.

가야겠다.

일 열심히 했다고 월급 외에 보너스로 천 원도 더 받고

시장에 가서 옷을 사 입고

집에 그냥 가긴 그렇고

선물을 생각 중인데……

전주 사는 형이

월부 라디오 장사를 골려서 싸게 사놓았는데
집에 이미 라디오를 사놔 필요 없다며
싸게 다시 판다고 해
두 달 치 월급을 주고 내가 샀다.
쌍스피커가 달린 커다란 라디오.
신이 났다.
고향에 라디오 있는 집이 몇 집 안 되는데
언제나 누나가 부러워하던 라디오.

서울역에 가니
고향 찾아가려는 귀성객들이 구름처럼 몰려 있다.
서로 먼저 타려고 아우성이고
경찰까지 나와서 몽둥이를 휘두르며 줄 서라 야단이다.

밤새도록 역 앞에 줄을 서서 기다림 끝에
날이 밝아온 아침에야 간신히 열차에 탈 수 있었다.
콩나물시루보다도 더 많은 귀성 인파.
숨이 막힌다.
어떤 이들은 열차 지붕에 올라서서 간다.
그래도 내 마음은 하늘을 난다.
눈물로 그리던 나의 집.

조치원서 내려 청주를 거쳐 고향에 오니
해가 서산으로 넘어가려 한다.
개울만 건너면 우리 동네인데 가슴이 떨려온다.
집이 싫어 도망간 놈이라고
마을 분들이 욕을 할 것만 같고
화가 난 아버지, 어머니의
몽둥이세례를 받진 않으려나 두려워진다.

산으로 숨어서 뒷동산에서 우리 집을 보니
부엌을 들락이시는 엄마도 보이고 누나도 보인다.
눈물이 쏟아진다.
참 보고 싶었던 얼굴.
당장 달려가 엄마 소리치고 싶은 마음이지만
이렇게 숨어서 바라만 봐야 하는 이 몸.
서글픔에 더욱 눈물만이 흐른다.

어둠이 마을을 덮을 때 살며시 뒤꼍으로 가니
흰둥이 녀석 요란스레 짖어댄다.
개 짖는 소리에 방문을 열고 달려 나오시는 엄마.
"누구냐? 산골짝이니?"
부드러운 엄마의 목소리.

아, 두려움도 간곳없고

"엄마."

하고 달려갔다.

얼싸안고 반겨주시는 엄마.

아버지도, 누나, 형아, 동생들도 달려나오고……

목욕탕

우리 산골짝 왔다
얼굴도 하얗고 라디오도 좋은 거 사왔어
옷도 좋은 거 입고……
옆집 아주머니께 자랑하느라 침이 마르는 우리 엄마.
쓴웃음이 흘러나온다.

훈장님께 인사드리러 가는 길.
책상 앞에 무릎을 꿇고
한 시간은 족히 호되게 야단을 맞았다.
부모 가슴에 못질하는 놈,
공자 왈 맹자 왈 백 번을 읽은들 행동이 다르면 무슨 소용이냐.
죄송합니다, 훈장님.
종아리 맞지 않은 게 다행이지.

여동생이 제 또래 아이들을 데리고 와선
라디오를 틀어놓고 손뼉을 친다.
우리 동네서 제일 좋다며 자랑.
약 단다고 조금만 켜라는 엄마.
공연히 두려움에 떨던 가슴.
이렇게 좋은 것을……

해가 설풋이 넘어갈 쯤에
영숙이 동네에 들어서서
어느 애한테 영숙이 소식을 물어보니
오지 않았다는 말에 힘이 쭉 빠진다.
이사한 주소라도 꼭 알아야겠다.
영숙이네 집 밖에 서서
동생으로 보이는 계집아이를 불러 물어보니
눈치 없는 애가 쪼르르 달려가더니
저네 엄마에게 얘기를 한다.
어떤 녀석이 양반집 가문 딸 애 주소를 묻느냐.
머리에 쇠똥도 안 떨어진 녀석이
기가 막히다며 빗자루를 들고 쫓아나오는 바람에
그냥 도망쳐오고 말았다.

며칠 뒤,

한동네 사는 아주머니가 찾아오셔서

친척댁 목욕탕에 일하러 가지 않겠느냐는 물음에

아무래도 시간이 공장보다는 많을 것 같아

그러마 했다.

인천 부평에 있는 목욕탕이

두 번째 직장이 되었다.

목
욕
탕

2

목욕탕에 오는 손님들

안내와 심부름이 나의 일이다.

스텐레스 그릇 공장에 비하면 놀기다.

통금이 해제되는 새벽 4시면 문을 열고

밤 11시에 문을 닫지만

욕조 청소 마치면 언제나 자정이 된다.

잠이 부족해서 늘 꾸벅꾸벅 졸기 일쑤다.

손님들 옷을 세탁소에 가서 다려다주거나

심부름을 해주면 팁도 몇 푼씩 받고

구두도 간혹 닦아주어 벌고……

독탕에 오는 손님 중엔

때 미는 아가씨를 불러달라고 하는 이도 있는데
아가씨들이 서로 자기 불러달라고 과자도 사주고
돈도 얼마씩 준다.
그 재미에 독탕에 오는 손님에게
아가씨 불러주느냐 묻곤 한다.
한 달 월급이 천 원인데
월급 외로 버는 게 더 많다.

목욕탕 바로 앞엔 부평극장이 있어
극장에서 일하는 형들은
늦은 시간에 목욕을 공짜로 시켜주고
우리는 늦은 시간 극장 구경을 대신 공짜로 한다.
중간 부분이 지난 영화는
새로운 프로가 들어오면 거의
볼 수 있다.
이런 재미에 흠뻑 빠져서 몇
달이 후딱 지나갔다.

목욕탕 사장님 딸 중엔
중학교 3학년에 다니는 애가
있다.
그 애만 보면 언제나 주눅이 든다.

하얀 카라의 교복을 단정히 입고
곤색 가방을 들고 학교에 가는 모습은
미치도록 부럽다.
영어단어집을 손에 들고 밥을 먹는 모습도
시험 성적 나쁘다고 부모에게 혼나는 모습도
나에겐 너무나 부럽기만 하다.

공부를 해야 하는데……
이곳에선 시간이 너무 없다.
강의록을 살 수 있는 돈도 충분한데
시간 여유가 있는 곳이 없을까?

고무줄 공장

누나가 시집을 간다.
사흘을 휴가 받아 집에 왔다.
마당에 높은 상을 차려놓고
연지 찍고 곤지 찍고, 가마 타고 결혼을 한다.

이웃집에 사는 아주머니,
목욕탕보다는 기술을 배워야 이다음에 잘산다면서
집안 조카가 공장을 시작하는데
손재주도 있고 성실하니 그리로 보내라는 권유에
세 번째로 직장이 바뀌었다.

육군사관학교를 지나고 태릉을 거쳐 불암산 아랫동네.
도로도 비포장길인 촌동네로 왔다.

주위엔 배나무밭이 널려 있고
목장도 간간이 있는 담터 마을.

흙벽돌로 엉성하게 지은 조그만 헛간 속에
고무줄을 실로 이쁘게 짜서 옷 만드는
부속 고무줄 공장.
공장이라 할 수도 없는 공장.
총각 사장과 나뿐인 초라한 곳.

사장 형은 시장으로 돌아다니며 주문받고 공급을 하며
나는 기계를 돌려 짜고,
사장 형이 밥도 짓고,
밥 짓는 법을 배운 뒤론 내가 맡고……

일이 없으면 기계를 세우고
개울가 젖소 기르는 젊은 형네 집으로 자주 놀러 가
젖 짜는 법이나 소 기르는 법을 익혔다.

드디어 주문한 강의록이 왔다.
중 2학년 과정부터 틈틈이 혼자 공부를 한다.
머리가 나쁜지 영어와 사회 과목이 늘 자신없다.
기계를 돌리며

한 손엔 영어단어집을 들고 다니며 외웠다.

무더운 여름이 돌아오자
주문이 밀려 주야로 24시간 계속 기계를 돌려댄다.
아침 5시부터 밤 11시까진 내가 맡고
그 후엔 사장 형이 한다.
공부할 시간이 또 없어졌다.

일이 바빠지자 사장 형이 여동생을 데리고 왔다
늘상 혼자 심심했는데 무척 반갑다.
나보다 두 살이 많은 열아홉이고
얼굴도 이쁘고 체격도 크다.

누나가 하는 일은 밥 짓고 빨래하고
공장에서 사용하는 실을 기계로 감는 일이다.
고등학교를 다니다 연애하다 들켜
퇴학을 당했다 한다.

술도 가끔 형 몰래 나가서 먹고 오고 담배도 피운다.
동네 총각들이 몰려와선
누나 좀 불러달라 안달들이다.

늘상 사장 형은 누나가 못 미더워
그날 있던 일을 모두 얘기해달라지만
혼이 나는 누나가 불쌍해 별일 없다고만 한다.

누나는 그런 내가 무척 고마운가보다.
담배도 피워보라 권하고,
포도주도 한 잔씩 먹으라 따라준다.

공
장
장
이

되
다

고무줄 공장에

주문이 밀려든다.

기계도 늘어나고 내 또래 여자아이가 새로 들어왔다.

처음 본 그 애 얼굴, 난 깜짝 놀랐다.

어쩜 그리 영숙이랑 닮았을까.

커다란 눈, 오똑한 코며……

늘상 가슴속에 그리움이 쌓였는데

이 애로 인해 더욱 생각이 나고 또한 무척 반갑다.

이때부터 여자애는 낮에만 일하고

난 밤일을 했다.

12시간씩 맞교대로 하니 낮에 잠을 좀 자곤

강의록을 계속 들고 공부를 했다.

한 해가 지나자 커다란 창고를 새로 사서 옮기고
기계도 늘고 직공도 열 명으로 늘어났다.
나의 직함에도 공장장이란 거창한 명칭이 붙었다.
친구들은 고등학교에 입학했는데
나는 조그만 고무줄 공장의 공장장이 됐다.

나 외에 머스마들도 둘이 있고
나이도 나보다 한두 살이 더 많지만
기계를 다루는 것과 모든 일처리가 나를 따라오질 못하니
내가 공장장이 되었다.

모든 기계 수리며,
샘플대로 생산되게 맞춰도 주고
주야 맞교대로 일을 하면서도 작든 크든 일만 있음
자다가도 일어나 달려가야 한다.

직함만큼이나 더욱더 고달파졌다.
다행인 건 다른 애들보다 두 곱을 더 받는 월급이다.
둘째, 넷째 주일날은 쉬는 날도 되고
이젠 공장답게 모습을 갖춰져간다.

어느 날,

영숙이를 닮은 애가 사고가 났다.
치마를 입고 일을 하다 샤우드에 말려들어가
다리를 조금 다쳤다.
병원에 다녀온 후, 집에 데려다주러 갔다가
야간고등학교를 다닌다는 것을 알고
깜짝 놀라는 큰 충격을 받았다.

밤일을 시키면 그만둔다며
언제나 낮에만 일하려 해 얄밉기도 했었는데……
아, 참 부끄러웠다.

이때부터는 더욱 열심으로
책을 손에 들었다.

검정고시

코피가 터져댄다.

이를 악물고 혼자서 죽자사자 노력해댔다.

하면 된다.

졸음도 쫓아가며 열심히 했다.

사장 형님은 공장 일에 소홀하다며 조금은 못마땅해하지만

내 꿈은 우선은 공부이니 해야 한다 말씀드리고

공장 일도 더욱 열심히 했다.

1971년,

두 번째 도전에야

간신히 턱걸이 점수로 검정고시 합격을 했다.

친구들은 고등학교 2학년인데

나는 중학과정을 이제사 마쳤다.

사장 형님은 축하한다며 선물도 주시지만
난 별로 기쁘질 않았다.
다른 친구들을 언제 따라잡나.
이런 마음이 앞서니 서글퍼만 진다.
고등과정도 혼자서 하는 데까지 해야겠다
각오는 하지만 두려움이 앞선다.

요즘은 내 삶의 진로를 깊이 생각하게 된다.
직공으로의 평생 삶은 생각하기도 싫다.
밤낮이 따로 없음도 싫고,
소유와 먼지도 싫고,
언제나 바쁘게 뛰어야 하는
삭막한 생활이 자꾸만 싫어진다.

지난날 지게질로 너무나 싫던 고향이
자꾸만 그리워짐은
아마도 젊은 부부같이 목장을 했음 하는 꿈이
내 마음에 가득하기 때문일지……

젖소 한 마리면 내 한 달 월급이 나온다.

하지만 젖소 값이 땅 몇 마지기 값이니 어떻게 마련을 하나?
지금까지 저축한 돈은
기껏해야 젖소 송아지 한 마리 값밖엔 안 되는데……

이런 나의 마음을 눈치라도 챘는지
사장 형님은 이다음 돈 많이 벌면
나도 조그맣게 고무줄 공장 차려줄 테니
딴생각 갖지 말고 열심히 하라 하신다.

하지만 내 마음엔 고향 땅
푸른 초원 위에 젖소가 한가로이 풀을 뜯는
목장의 그림이 가득 차 있다.

우
유

배
달

돈을 많이 벌어야겠는데

어떻게 해야 벌 수 있나.

목장을 하려면 젖소 살 돈이 절대 필요한데

이 쥐꼬리 월급 일 년을 모아야

송아지 한 마리밖에 못 사니 이 길은 안 되겠고……

신문 광고를 살핀다.

눈이 번쩍 뜨이는 광고.

우유배달원 모집.

보증금 얼마 내면 월수 송아지 한 마리 값.

와, 이거다.

그동안 몇 년 모은 거면 보증금은 되고

새벽같이 일어나 몇 시간만 하면
시간도 많아 공부도 잘 할 수 있고
거기다 수입도 매달 송아지 한 마리씩 번다.
우와, 신난다.

다시 생각하라는 사장 형님의 말림에도
이다음 목장을 이루기 위한 길이라며 고집을 꺾지 않고
고무줄 공장을 그만두고는
우유배달원이 되기로 작심을 했다.

신촌지역이고 자전거도 잘 타고
일찍 일어나는 일쯤이야 식은죽 먹기겠다.
의심도 없이 몇 년 모은 돈 몽땅 내고 계약을 했다.
이튿날부터 통금이 해제되면
보급소로 달려가 우유를 받아 배달을 시작했다.

골목골목 왜 그리 비탈길인지.
그래도 이까짓쯤이야.
아직은 새벽 봄날이 춥기도 하지만
땀을 뻘뻘 흘리며 열심히 뛰었다.

조금은 이상도 하고……

서울우유라고 하더니 서울양유다.
처음 거래처 500군데 외판원이 알선해줬는데
자꾸만 줄어들고……
보름에 우유 대금 수금을 나가는데
반도 안 걷힌다.
줄어드는 거래처도 돈으로 환산해 보증금에서 제하고
우유대 미수금도 제하고……

돈을 벌기는커녕
보증금 따먹기 위한 사기꾼들의 교묘한 수법에
속고 만 것을 두어 달이 지나고야 눈치를 챘다.
무수히 많은 사람이 이렇게 당하고
울며 떠나들 갔단다.

모두가 고소도 하고 했지만
교묘한 계약서로 인해 구제도 받지 못한 채
다섯 달을 버티고서야 몇 년간 고생해 모은 돈을
모두 날려버렸다.

아, 어떻게 모은 돈인데……
너무나 분하다.
꼭두새벽부터 일어나 죽어라 고생만 하고

세상에 거머리 같은 인간들에게 속아
밤새워 몇 년간 번 돈을 모두 날리고 말다니.
너무나 기가 막히다.

공부도 하고, 출세도 하고,
그리운 영숙이도 만나러 서울로 도망을 왔건만
이룬 건 아무것도 없이 고생만 죽도록 하고
빈털터리가 되어 고향으로 돌아와야 했다.

귀향

크나큰 꿈을 안고 도망쳐왔던 서울.

이룬 건 겨우 중학과정뿐이고

마음의 상처만 안고서

다시 고향으로 돌아가는 열차에 올랐다.

이렇게 사기꾼에게 당하고 나니

서울 사람들 모두가 사기꾼만 같고

서울말만 들어도 넌더리가 난다.

내 다시는 서울에 안 오리라.

고향에서 목장을 일구어 잘 살아보리라.

마음으로 다짐을 하며 힘없이 돌아온 고향.

참으로 내겐 힘들고 긴 5년의 세월이었다.

빈손으로 돌아온 날 그래도 반겨주는 부모 형제들.
농사하며 집에 있겠다 하니
잘 생각했다고 더욱 반기시는 아버지.

부모님들의 억척스런 부지런함과
담배농사를 해마다 잘한 덕에 집안 형편이 많이 좋아졌다.
땅도 좀더 사고, 소도 사고,
동생들 중학교도 다니고,
전에 비하면 부자가 되어 있었다.

나도 많이 자라
아버지보다도 더 큰 키에
힘도 세서 아버지만큼이나 지고 다닐 수 있다.
사람도 사지 않고 농사일을 모두 해댔다.
가을 추수가 끝나고 나니 올해에도 목돈이 들어왔다.

아버지께서 조용히
지금이라도 고등학교에 다니겠느냐고 물어오신다.
전혀 생각지도 못한 일이라 어안이 벙벙할 뿐.
그렇게도 다니고 싶던 학교인데……

한참을 생각했다.

친구들은 졸업인데 난 이제사 고등학교를 가다니.

군대도 가야 하고,

세 살이나 어린 동생들 또래랑 어떻게 다닐 수 있을지,

또한 입학시험도 자신이 없고.

몇 날을 고민해댄다.

고
등
학
생

1974년 3월,

드디어 나도 고등학생이 되었다.

나보다 서너 살 어린 동생들과 함께 어울려

면 소재지의 신설 농공고에 첫 회 입학생이 된 것이다.

중등과정 간신히 검정고시 합격한 실력이기에

입학시험도 엉망으로 쳤는데

응시한 몇 명만이 떨어지곤 거의 다 합격하였기에

나도 운 좋게 고등학생이 될 수 있었다.

뒤늦은 공부이기에

설레임보다는 나이 든 학생으로서

두려움과 부끄러움이 앞선다.

삼십 리 길을 헌 자전거로
울퉁불퉁 비포장길을 달려 매일같이 통학을 했다.

함께 다니는 나이 어린 학생들 중엔
공부는 전혀 안 하고
늘 싸움만 해대는 애들이 있다.
다른 애들은 나이 많은 나에게 그래두 잘해주는데
요 몇몇 녀석은 영 눈에 거슬리게 한다.

내가 힘으로 당할 수도 없고
나이만 더 먹은 것밖에 없으니 그저 참는 수밖에……

기초가 부족한 난
열심히 해도 힘이 든다.
특히나 영어는 더욱 힘이 든다.
나이 많다고 선생님들께선 늘
어떤 일이고 모범생이 되길 기대하셨고
다른 학생들도 늘 감싸줘야만 했다.

마
지
막

인
사

2학년 2학기 방학 전에 군대 입영을 했다.
학생이기에 일단 입영을 연기하고
졸업 후 입영을 해도 된다는 선생님의 조언도 있었지만
늦은 학교생활로 너무나 힘겨움을 알았기에
모든 일에 더는 늦고 싶지 않아
휴학을 하곤 논산훈련소에 입대를 했다.

운이 좋았던지 헌병으로 차출되어
남한산성 아래 육군종합행정학교에서
EBC 359기로 헌병 교육을 마치곤
경기도 양주 남면 신산리에 위치한
25사단 헌병대로 배속되어
파주 적성 마지리 파견대 곰시검문소며,

제2검문소, 백학면소재지 파견대, 임진강 틸교검문소 등
두루 거치며 삼 년 군생활을 무사히 마치고 제대를 하였다.

제대 후 포항제철 다니는 형님의 권유로
인천제철에 취직하여 몇 달 근무하다가
머릿속에 가득한 목장을 일구고픈 마음에
그만두곤 다시 고향에 내려와
아버지가 기르던 한우 두 마리를 팔아
젖소 송아지 세 마리로 꿈에 그리던 목장을 시작하였다.

착유우는 먹이도 시간을 맞춰줘야 하고
착유도 늘 시간을 맞춰 짜줘야 했고
청초를 늘 배불리 먹여야 유량이 많기에
경운기로 매일 풀을 베어다줘야 했다.

이 지역에선 내가 처음 시작한 목장이었기에
착유한 우유는 진천읍 삼양우유 집유소로
이틀에 한 번씩 차로 실어 날라야 하는
힘든 일의 연속이었지만
그래도 내 꿈을 펼침과
보름에 한 번씩 나오는 우유대금에 흠뻑 기쁨에 취해
늘 신나게 일을 해냈다.

전두환 정권이 들어서자
농어민 후계자를 육성 지원하는 덕에
후계자로 선정되어 이자도 싼 장기저리 자금을 받아
중급 목장으로 규모도 늘렸고
전국 우수 후계자로 선정되어
일본으로 연수까지 다녀오는 영광도 얻었다.

일찍이 가톨릭 신앙생활 덕에
가톨릭 농민회장직을 맡아
군사정권 퇴진 민주화 운동에 지역 선봉장 역을 맡아
최루가스에 흘린 눈물이 몇 말은 됐을 거다.

관공서에선 요주의 인물로 찍혀
늘 감시 대상이었고,
대회하는 날엔 면장님과 지서장님이
우리 집 안방을 차지하곤 못 나가게 붙잡아댔으며,
밖엔 정복 경찰 몇이 보초를 밤새 서준 덕에
도둑이 얼씬도 못했었던 지난날.

민주화가 된 이후,
우리의 카농운동은 정치 투쟁이 아닌
인간이 맘 놓고 먹을 수 있는

유기 농산물 먹거리 생산 쪽으로 방향을 바꿔
오늘에 이르렀음은 참 다행이라 생각한다.

고교 3년 과정은
직장과 농사일 하느라 거의 못 다녔음에도
졸업장을 안겨줬는데 예전이니 가능했겠지.
말만 고교 졸업이지
졸업장다운 졸업장은 국민학교 거뿐이고
동창회도 국민학교밖엔 못 나가고……

1990년 아버님께서
위암으로 일찍이 세상을 뜨시어
문상 중에도 시간 맞춰 젖 짜랴 먹이 주랴 기가 막혀서
내가 꼭 이래야 사나 싶은 맘이 들어
그동안 해온 목장을 접고는
한우 비육과 인삼 농사를 하며
오늘날의 촌놈이 되어
이렇게 여러분을 만나고 있다.

(그 후 인삼농사를 오래 하다가 충북 괴산 청천면에서 펜션을 10년
동안 운영한 뒤 우리 부부 모두 건강이 좋지 않아 사업을 접고 쉬는
중이다.)

산골짝 촌놈의 이야기

저는 국어교사 출신입니다. 그래서 좋은 글이 어떤 것인지 조금은 알고 있습니다. 좋은 글이란 진솔하고 쉬워 읽는 사람이 금세 공감할 수 있는 것이어야 하지요. 제 친구 이종옥의 일기가 바로 그런 글이었습니다. 쉬울 뿐 아니라 지루할 틈 없이 간결한 문장으로 글을 전개해나가는 솜씨가 여느 유명 작가 못지않았습니다.

1960년대에 초등학교를 다닌 베이비붐 세대는 전후 세대로서 지독한 가난을 겪었습니다. 그리고 1970년대에는 급격한 사회 변화에 따른 도시화의 물결 속에서 산업 역군들로 활동해왔습니다. 글 속의 주인공은 충북 괴산군 청천면의 산골 촌놈으로서 그 누구보다 더 뼈저린 가난을 경험했습니다. 그렇지만 학업에 대한 열정을 끝까지 잃지 않았습니다. 그래서 동시대를 살았던 사람들이 주인공의 글을 읽으면 '맞아, 그땐 정말 그랬지' 하며 공감할 수밖에 없습니다.

이 글은 기록문학으로서의 가치도 충분하다고 생각합니다. 모든 것이 풍족한 가운데서 자라난 요즘 세대가 읽으면 아버지 세대의 가난과 아픔을 조금이나마 느낄 것입니다. 또 어린아이들에게는 좋은 글쓰기의 사례가 될 수도 있을 것입니다. 주인공은 지금도 매일 일기를 쓰고 있다는데, 일기를 쓰지 않는 저를 정말 부끄럽게 만들더군요.

글 속에 나오다시피 주인공 이종옥은 초등학교를 졸업한 후 공부를 하기 위해 열네 살의 나이에 산골을 탈출해 무작정 서울로 올라갔습니다. 그러고는 5년 동안 서울에서 온갖 고생을 다 했지요. 그 뒤에 검정고시로 중학교 과정을 마친 뒤, 열아홉의 나이에 비로소 고등학교에 입학했습니다. 고등학교 2학년에 다니던 중, 군에 입대해 제대 후에는 15년 정도 목장을 경영하며 부농의 꿈을 키우기도 했습니다. 그러면서 한때는 가톨릭농민회 회장을 맡아 민주화 운동에 참여하기도 했지요. 그 뒤로는 인삼농사에 전력투구해 30년가량 인삼을 키웠습니다. 인삼농사를 지으면서 '산골짝펜션'을 10년쯤 운영하기도 했습니다.

목장을 경영할 때 트럭에서 굴러떨어져 갈비뼈가 모두 부러지는 큰 사고를 당했지만 방치하다가 근래에 척추탈골을 바로잡는 대수술을 받기도 했습니다. 그러나 강한 의지로 건강을 되찾아가고 있다고 합니다. 그런가 하면 심한 당뇨합병증으로 고생하는 아내를 간호하며 청주에서 청천까지 매일 길을 오가고 있습니다. 치매를 앓고 있는 아흔 넘은 노모를 모시며 돌보기 위한 것이랍니다. 부지런함은 말할 것도 없지만 마냥 착하기만 한 친구의 앞날이 조금 더 평안해

지고 행복하면 좋겠습니다.

이 풍요로운 시대에 가난했던 시절의 그 구차한 얘기들이 무슨 좋은 읽을거리가 될까 싶습니다만, 우리가 잊어서는 안 되는 것들은 꼭 기록으로 남겨져야 한다고 생각합니다. 잊어서는 안 되는 그것들이 지금의 풍요를 만들었기 때문입니다.

개인의 일기를 용기 있게 세상에 내놓은 친구에게 고마운 마음을 전합니다.

정윤영

몽당연필은
아직 심심해

ⓒ 이종옥 이재연

초판 인쇄   2021년 1월 20일
초판 발행   2021년 2월 1일

지은이   이종옥 이재연
펴낸이   강성민
편집장   이은혜
마케팅   정민호 김도윤 최원석
홍보   김희숙 이가을 김상만 이소정 이미희

펴낸곳   (주)글항아리 | 출판등록 2009년 1월 19일 제406-2009-000002호
주소   10881 경기도 파주시 회동길 210
전자우편   bookpot@hanmail.net
전화번호   031-955-2696(마케팅) | 031-955-1936(편집부)
팩스   031-955-2557

ISBN   978-89-6735-859-4 03810

www.geulhangari.com